跨度新美文书系

Kuadu Prose Series

跨度新美文书系
Kuadu Prose Series

我们点亮星空

姚杜纯子

◎著

WOMENDIANLIANG
XINGKONG

中国文史出版社

目　　录

1

序

徐贵祥

    姚杜纯子还在牙牙学语的时候，我便"认识"她了。那是一九九三年夏天，我和她爸爸陶纯到山东的一支部队采访，路过济南的时候，她母亲杜金英抱着她与我见了一面。今年春天，我到某部队举办的创作班讲课，她就在那个班上。时光流逝，似乎一眨眼间，她长成大姑娘啦！而且还搞起了创作，有了点成绩，让我这个做长辈的感到挺欣慰。

    姚杜纯子的这部作品集，收录了她近几年发表的一些报告文学和散文作品，题材主要是围绕国防科技和航天事业，这是一个不太为人所知的神秘领域，蕴藏了丰富的素材，是一个文学的富矿。她结合自己的经历和见闻，写到了聂荣臻元帅，通过聂帅俭朴过生日这么一个细节，一篇不长的随笔，便把这位我国国防科技战线主要奠基人的高风亮节和博大情怀展示给了读者，其感人效果不比一篇万字长文差。钱学森是"两弹"元勋，被外界称为"中国导弹之父"，是我国最为著名的科学家，作者写钱老，没有写他搞科研，没有写他的伟大成就，仅仅通过钱老"不爱钱、不为钱"等几个小细节，就把钱老写活了，尤其是当我看到钱老为了我国的导弹火箭事业，一辈子无数次去大西北奔波，却没有就近去一趟他特别想看的敦煌莫高窟，看一眼他所钟爱的飞天壁画时，我的眼睛湿润了，这样的人生境界，几人能有！《从追赶到超越》中的金怡濂院士，被誉为中国"超算之父"，他用半个多世纪的持续奋进，不间断地砥砺前行，终于使我国的超级计算机实现对欧美国家的超越，那是何等的扬眉吐气！《他经历了看不见的刀山火海》中的原公浦，一位亲手切削我国第一颗原子弹铀235半球的顶级车工，当年从上海主动报名到大西北工作，晚年回到上海，不幸患了癌，却吃不起抗癌药，真的令人唏嘘不已。在《航天员刘洋》中，作者把刘洋从一名小学生到中国第一位女航天员的成长经历娓娓道来，大量的细节令人过目不忘，让读者从中感受到刘洋的执着追求和坚毅进取的时代精神，她对祖国航天事业的热爱，跃然纸上。

姚杜纯子写得最多的，是酒泉和西昌，那些地方是我国"两弹一星"精神的重要发源地。她大学毕业后选择到西昌工作，在航天一线耳濡目染，火热的生活便是创作的源泉，因此写出来的东西显得比较鲜活质朴，有一种真实感人的力量。她笔下的酒泉的大风、戈壁滩的沙子、西昌的发射场、马兰的核试验场，都是有灵性的。我一向提倡作家，尤其是年轻写作者，一定要最大限度地获取生活的赐予，向生活要作品，主动到火热的军营一线去锻炼，去体验，去自"讨"苦吃，趁年轻打好底子，一旦有了生活的坚实基础和丰富积淀，才能在文学的跑道上跑得更远。当年我入伍时，正赶上南线战争，正是在战场上那一段血与火的生活、生与死的体验，使我站在了文学的起跑线上，并且几十年来一直有底气在身。所以说，像姚杜纯子这样坚持到一线去，坚持写熟悉的生活和领域，探索和发现新鲜题材，路子是对头的。当然，她现在只是一个刚入门不久的文学新人，小荷才露尖尖角，她的作品尚显幼稚，语言尚欠锤炼，作品面比较狭窄，驾驭题材的能力尚待提高。但只要在这条道路上坚持走下去，假以时日，我相信，她一定会有丰硕的成果。

半个多世纪以来，我国的军事文学创作几度辉煌，曾经一度占据新中国文坛的半壁江山，新人辈出，佳作迭现，影响深远。但是近年来，由于种种原因，军事文学创作出现了比较明显的下滑势头，一个显著的标志就是军旅文学新人人才匮乏，成长缓慢，我作为中国作协军事文学创作委员会的主任，深感焦虑和不安。我热切地期待有更多像姚杜纯子这样的年轻写作者涌现，接过我们手中的笔，谱写军事文学创作的新篇章！

二〇一九年十月二十一日

我眼中的聂力奶奶

我上初中的时候，有一天爸爸问我："中国的十大元帅，你能说出几位？"想了想，我回答："朱德、彭德怀、林彪……"再往下就说不出来了。爸爸感叹："你们这些孩子，缺课太多了。"

　　二〇〇六年春天，组织上调爸爸到北京，协助聂力将军写作整理回忆她父亲聂荣臻的文章，这是我第一次听到聂元帅的名字。爸爸一去几个月，回到济南时已是盛夏，此时爸爸已经协助聂力将军完成了《山高水长》的初稿。卸下了重担的爸爸一身轻松，茶余饭后不时谈起聂荣臻元帅，讲他老人家的战争生涯和人伦亲情，一个又一个精彩的故事，听多了，我耳濡目染，不知不觉有些入迷，感觉爸爸离聂帅和他的家人那样近，好生羡慕。

　　一天，爸爸兴奋地宣布，聂力和丁衡高首长打来电话，对《山高水长》的初稿比较满意，特意邀请我们全家到北戴河休假。我和妈妈高兴极了！长这么大，我还从没去过北戴河呢，我也想见见聂力奶奶和丁衡高爷爷，因为爸爸老念叨他们，我感觉虽未见面，但已经和两位前辈很熟悉了。

坐火车到了北戴河火车站，聂力奶奶派车来接我们，安排好住处后，紧接着把我们一家三口带到聂帅当年住过的院子。聂力奶奶站在院子里迎接我们，我和妈妈都有点儿紧张，毕竟头一回见这么大的首长。但是我很快就放松下来，因为我觉得聂力奶奶好面熟，似乎在哪里见过——我突然想起来了，她特别像一个人——天哪，真像我的外婆！都留着短短的头发，差不多一样的面庞，一样的身段，一样的步履，怎么那么巧呀！紧张感、陌生感一下子烟消云散。聂力奶奶把我拥在怀里，我就像扑在外婆怀里那样，感到好幸福，好陶醉……

在北戴河的一周，我们几乎天天同聂力奶奶见面，她住的院子就在海边，在房间里能听到涛声，从窗子里能看到波浪。我喜欢大海，但我更愿意抓住这珍贵的时机多同聂力奶奶交流。早就听爸爸讲过，聂力奶奶小时候受了不少苦，她一岁的时候，聂帅就丢下她和母亲，从上海跑到江西去打仗了，几年后，母亲也被组织上转移到了陕北，地下党组织把孤苦无依的她托付给上海郊区一位老奶奶抚养，很小的时候，她就学会了下地干活，经常吃不饱穿不暖。更要命的是，村里没有人知道她的父母是谁，有人见了面就说她是石头缝里蹦出来的野孩子。有一回，她到地里摘棉花，不小心扎破了腿，鲜血直流，她就用泥巴把伤口糊上，后来感染了，不停地化脓，最后都烂到了骨头。她十三岁那年，老奶奶去世了，她又成了"孤儿"，一个人在村里待不下去，只好到日本人办的纱厂，当了一名童工，受尽了苦。直到她十五岁那年，才在周总理的关怀下找到父母，一家人历尽曲折终于在张家口团聚。她从十五岁开始上学，为了迎头赶上，又得拼命地补课……

聂力奶奶小时候受的苦，像我这种生活在阳光下蜜罐里的孩子，是体会不到的，无法想象的。我觉得我应该从聂力奶奶身上，学会坚强，学到勇敢。

第二次见聂力奶奶，大约是二○○七年的夏天，爸爸已经调北京工作，我放暑假，从济南到北京探亲，爸爸带我和妈妈到聂力奶奶的驻地看望她和丁衡高爷爷。此时《山高水长》已于半年之前出版，好评如潮，很多报纸刊物都进行了连载、转载。聂力奶奶送给我一本书，她在上面签了名，还拉上丁爷爷共同签名。我把书捧在怀里，感觉好珍贵好珍贵。

那一次给我印象最深的，是聂力奶奶带我们参观聂帅事迹陈列室。陈列室是一座古建筑，好像叫吉安所，是明朝建的，据说刚解放的时候，刘伯承元帅曾在里面住过几天。聂力奶奶亲自担任解说。参观过之后，我的心情久久不能平静，有三件事，我想我一辈子都不会忘记。一是抗战初期，日军侵入华北，大军南撤，聂帅仅率三千八路军孤悬敌后，向着敌人占领区进发，很多人为他们担心——能不能生存下来？仅仅一年之后，他们就站稳脚跟，创建了晋察冀敌后根据地，后来成为新中国的"雏形"。第二件事，是在百团大战中，聂帅保护了日本孤女美穗子，将军与孤女的故事，成为人间大爱的象征。也许很多人不理解，为什么要保护一个侵略军的孩子？其实这恰恰是聂帅的伟大之处，因为孩子是无辜的，炮火连天中，能做出这种壮举的人，天下能有几人？第三件事，是在解放后，聂帅在一穷二白的国情之下，顶着种种压力，带领广大的科学家，研制成功"两弹一星"。聂帅是个热爱科学的人，他年轻时候到国外留学，就是为了寻求科技兴国的道路，党中央让他主抓国防科技，真是选对了人。其中有一个细节让我久久难以忘怀——一是二十世纪五十年代初钱学森先生回国后，在周恩来总理建议下，他给国务院写了一份报告：《建立我国国防航空工业的意见》。一九五六年三月十四日，周恩来主持中央军委会议，会议决定组建导弹航空科学研究方面的领导机构——航空工业委员会（简称航委）。周总理在会上提出："谁来抓这项工作？"时任军委副主席的聂帅立即表示："我来抓！"不久，国防部通知，聂帅任航委主任；黄克诚、赵尔陆、钱学森、刘亚楼等人为副主任。至此，中国研制导弹、原子弹的大幕徐徐拉开。然而航委刚成立时，实际上是个空架子，下面连一个兵都没有，聂帅就把他代理总参谋长时的得力助手、总参办公室主任安东调过来担任航委秘书长，让自己办公室主任范济生和安东一起担负起航委的日常工作，办公地点就选在自家院子后面的这个吉安所。后来就有了国防部五院（导弹研究院），有了国防科委，有了二机部。某种程度上，不妨可以说，中国的"两弹一星"事业，聂帅这儿是出发点之一。

或许就是从那一刻起，我萌发了将来参军入伍、从事国防科技事业的决心。

二〇〇九年，我随军到了北京，当时我即将上高三，偏偏转校时遇到了困难，爸爸妈妈急得不行。聂力奶奶听说后，赶紧安排秘书常红阿姨帮助联系她的母校八一中学，使我顺利完成了转学。坐进明亮的教室里，我一想到这所学校的前身是"荣臻子弟小学"，她诞生于晋察冀的烽火硝烟中，而且她还是习近平等国家领导人的母校，我心里就一阵阵涌出暖流。

爸爸调北京工作后，不间断地写出了电视剧《国家命运》《聂荣臻》、电影《钱学森》。听爸爸说，《国家命运》最初就是聂力奶奶大力推动的，她亲自给总政领导写信，要求拍摄一部反映我国"两弹一星"事业的电视连续剧，她说，中国在极端困难的条件下，创造了惊天动地的伟业，应该大书特书，可是，由于各种原因，那些为国家做出过卓越贡献的科学家仍然鲜为人知，仍然默默无闻，她觉得应该让人们从银屏上见到他们的光辉形象，拍一部电视剧，是一件很有意义的事情。正是在她的推动之下，《国家命运》应运而生，感动了万千观众。

这三部作品，我都认真看过，里面的聂帅形象，一次又一次地打动了我，尤其是电影《钱学森》里面，聂帅来到酒泉基地指挥两弹结合试验的大场面，让我激动和钦佩不已，林永健扮演的聂帅，既有儒帅的高雅，又有战将的威武，演出了一位民族大英雄的别样风采。电视剧《聂荣臻》里面，小聂力在张家口见到爸爸妈妈，一家人拥抱在一起，聂帅说"以后再也不分开了"的场景，让我禁不住热泪长流……

转眼到了二〇一四年，此时我已经穿上了军装，成为西昌卫星发射中心的一名技术人员，我们新分配来西昌的学员，要到酒泉基地实习半年多，有些同学认为那里苦，有畏难情绪，我却比谁都高兴，因为那里是中国的第一个导弹基地，我国第一颗导弹、第一颗卫星，都是从那里升起的。尤其那里是聂帅经常去的地方，所以我早就盼望去走走看看了。

一个晴朗的午后，学员队全体学员来到"东风烈士陵园"，迎面耸立着聂帅的亲笔手迹："东风革命烈士纪念碑。"最醒目的就是聂帅的墓碑。在聂帅墓碑的周围，整齐地排列着好几百座坟茔，他们中有将军，有士兵，有科学家，也有普通的工作人员，墓碑上有的连姓名都没有。聂力奶奶说过，她的父亲将自己后半生的全部精力，投入到我国的科技事业中，他爱科学，爱科学家，他深知没有他们，我们的事业就不能成功。而在戈壁深处的这个地方，一代代科研工作者和广大官兵默默无闻地奋战在此，牺牲在此，所以他爱他们，他惦记他们，他希望与他们长相伴，长相随。所以，聂帅去世之后，家人把他老人家的部分骨灰安放在他亲手题写园名的酒泉基地。

站在聂帅墓碑前，我眼含热泪，敬了一个军礼。我默默地对自己说，聂帅一家为革命，为新中国的建设，贡献了那么多，我作为一个年轻军人，应该走什么样的路，已经无须多说了。

这些年来，因为在基层部队工作，回北京的时间少，见到聂力奶奶的次数并不多，但是每次见面，都能让我心潮澎湃，浮想联翩。眼见着，聂力奶奶日渐苍老，腿脚不那么灵便了，她的思维却还是那么活跃，叮嘱我趁年轻好好干，多学习，争做新时代的科技人才，为军队的强大尽一份自己的力量……

我都默默记在了心里。

她是聂荣臻元帅唯一的女儿，她是一位为中国国防科技事业做出独特贡献的女将军，她有显赫的身世，有值得炫耀的传奇经历，但在我的眼里，她就像我的外婆那样，或者像一位行走在街头的邻家老奶奶那样，朴实无华，温润可人，带给你亲切，带给你安详，带给你默默前行的力量……

我愿把聂力奶奶，当成我一生的榜样！

从西昌到酒泉

人生有太多的不确定性，比如我，从来没想到，此生会与这个偏远的小城结缘。

　　西昌——一个以前我从未关注过的地方。

　　二〇一四年七月初，我从成都信息工程学院毕业，因为是国防生，我人生的第一份职业，自然是一名军人。上小学的时候我就知道，军人要有四海为家的决心和勇气，这是不能含糊的，父母都是军人，他们走南闯北，已经习惯。然而当我得知要去西昌报到的时候，还是有一些失落。因为，那地方对我，太陌生了，陌生得仿佛它在另一个世界。

　　从成都飞往西昌，落地之后，第一个感受是这地方蛮凉爽的，别处都是盛夏，这儿却凉风习习，蓝天绿树，花团锦簇，白云悠悠，清风扑面。可是站到阳光下，又感觉特别刺眼，皮肤灼热。噢，对了，这儿是高原，据说海拔近两千米。看来这地方，要想保有一个好皮肤，难了，满大街的男女，大部分皮肤黑黝黝的，不少人脸上都有一点高原红的印记。

城市是陌生的，战友是陌生的，军营是陌生的。

我们同一批分来的学员，都要集中到位于西昌郊区礼州镇上的教导大队参加集训。集训就等于是新兵训练，很严格，很艰苦，很无奈。白天受点儿累挨太阳暴晒，我觉得倒没啥，能坚持，要命的是到了晚上，甚至是白天，蚊子特别猖獗，没几天就把我两腿咬烂，又疼又痒，简直欲哭无泪。两个月的训练，是我长到十八岁最难忘的记忆，现在想起来，心里都往外冒苦水。

当然，很快我也简略了解了西昌卫星发射中心的历史，它是我国三大卫星发射基地之一，始建于一九七〇年。几十年的岁月中，它在中国航天史上写下三个第一：一是我国第一颗地球同步轨道卫星从这里升起，成为它永远的骄傲；二是成功发射我国第一颗通信广播卫星"东方红二号"，"东方红二号"的发射成功，结束了我国租用外国卫星看电视的历史，我们现在看的电视节目和天气预报都是我们自己的卫星传送的；三是一九九〇年成功发射我国承揽的商务卫星"亚洲一号"，"亚洲一号"是美国休斯公司制造的，可以说它在当时被称作"灾星"，它转到五个国家都没发射成功，于一九九〇年的四月七日，从西昌的发射塔成功把它发射出去，举世皆惊。

知道了它的历史，我颇为自豪，这才真切地感到自己也是一个航天人了。给远方的同学打电话、发短信，忍不住就"炫耀"一下，没想到西昌的知名度那么高，大伙儿一听，都知道这里是月城、航天城，真是名不虚传。

在西昌集训了两个月后，还没有完，我们这些从地方入伍的女大学生，又从全系统各个单位，往酒泉集中，参加原总装组织的新入伍女大学生集训，为期半年。从西昌到酒泉，从一个偏远的地方，到另一个似乎更为偏远的地方，考验着我们的毅力。记得当时我们大半夜三点从西昌火车站上车，要坐四十多个小时的火车前往酒泉，途中还要在酒泉换乘大巴前往酒泉卫星发射中心，一路颠簸，我这辈子也没坐过那么长的火车。说也奇怪，我并没觉得有多苦，有了在西昌的集训做垫底，我的吃苦耐劳能力提高了不少，我们一路说说笑笑，轻松愉快，不知不觉就到了酒泉。

　　酒泉这地方历史上颇为有名，我记得小时候看《史记》《汉书》，说是汉武帝派大将霍去病进军河西走廊征伐匈奴，霍去病在这一带大败匈奴，把敌人残部赶到玉门关外，汉武帝赐酒一坛犒劳将士，酒少人多，霍去病把一坛酒倾洒到泉水中，与众将士一起取水共饮，酒泉因此而得名。

　　酒泉卫星发射中心是我国航天事业的"老母鸡"，它建成最早，它还"孕育"了西昌和太原卫星发射中心，它也是我国最有名的卫星发射基地。我父亲和陈怀国伯伯联合编剧的电影《钱学森》、电视剧《国家命运》重点描绘了酒泉基地的创业史，我多次看过。我国第一颗导弹、第一次两弹结合试验、第一颗人造地球卫星"东方红一号"，一系列"神舟"飞船，都是从这里起飞的，这里创造了我国航天事业的无数个辉煌。能够到这里来集训，我心里是怀有"崇拜"之情的，甚至有

15

点儿"朝圣"的感觉。

集训的日子是紧张而艰苦的,我们不断地能够找到"兴奋点",比如参观问天阁,亲身感受航天员临上太空之前那种美妙而忐忑的感觉;比如参观两弹结合试验的旧阵地,在当年"七勇士"坚守的地下控制室的入口,我的心怦怦跳,仿佛在亲身经历当年惊心动魄的那一刻;仰望"东方红一号"发射塔架,耳边隐隐传来《东方红》柔美的旋律……

最令我难以忘怀的,是来到东风革命烈士陵园那个上午。聂力奶奶曾经送给我一本她亲笔签名的《山高水长》,里面多次提到陵园,我在电视剧《国家命运》中,也目睹过它的影像,因此对于瞻仰这一块神圣之地,早就充满了崇敬和期待。迎面矗立的聂荣臻元帅墓碑,在我眼中顶天立地,后面是一座座像士兵方阵一样整齐排列的墓碑,有将军、普通干部,也有士兵和职工。元帅与士兵在同一个地方安息,这在全世界的墓园中也是不多见的吧?

这里是酒泉基地的"魂魄",我感觉,来陵园一次,灵魂就净化一次。守陵的大爷对我们说,凡是来基地的人,没有不到这里看一看的,航天员每次上太空之前,也都要来祭奠一下英烈,英烈们会保佑平安的。

拿酒泉和西昌相比,从生活环境来说,酒泉更加的艰苦,在西昌算是享福的了。我注意到,西昌虽然算是高原城市,但是人们的皮肤比这里的人还是要细腻一些的,这边的风沙大,紫外线更加的强烈。集训期间,我们赶上好几次大风,本来看上去一切平静，似乎突然之间，狂风突起，飞沙走石，遮天蔽日，如入地狱，让我想起李白的诗句：昨夜狂风度，吹折江头树。

集训期间，有三个战友给我留下了深刻印象。一个是周晓凤，她是我的班长，干练的短发，戴眼镜，显得文静而洒脱。她和我是老乡，山东人，因为喜欢穿军装，研究生毕业后放弃大城市工作，入伍到了马兰核试验基地，据说那儿比酒泉还要艰苦。在平日的生活中，她像姐姐一样，对我很照顾。一个是王纳，她和我一样，都是从西昌过来的，我和她是无话不谈的好朋友，她很活泼也很健谈，我们一起度过了当时觉得很艰苦而后来却又很怀念的日日夜夜。还有一个是赵飞，她是我们基地文昌发射场的，大大的眼睛，很爱笑。我在酒泉因为扁桃体发炎导致反复发烧，很严重，住进了医院，队里安排她陪床，她很会照顾人，为我端水打饭，人一生病是很脆弱的，我在她的照顾下感受到了温暖，身体很快就痊愈了。

集训时间到了，我们恋恋不舍地离开了酒泉，奔向各自的岗位。在酒泉的半年，时间不算长，却使我结识了许多新的朋友并且悟到了人生的很多道理。那里的发射塔，那里的雨雪，那里的大风，甚至那里的沙子，都储存在了我的记忆中，让我在未来的岁月里，步伐走得更矫健。

回到西昌，我成了技术部气象室的一名普通技术人员，跟着领导和室里的老同志们一起，为每一颗卫星的升空而忙碌。从"嫦娥"到"北斗"，火箭托举卫星每一次的呼啸而起，都让我作为新一代航天人感到骄傲和自豪。

著名的火箭数据处理专家车著明，就在我们技术部工作，我经常能碰到他。车高工很和蔼，见人就点头。我曾经目睹他雨中打着伞跑步，气定神闲的样子。他的毅力令人折服。他能有那么大的成就，我觉得除了智商，可能更重要的是他对航天事业的执着坚守，永不放弃。

我们气象室的专家江晓华，也是一位了不起的人物。他来基地三十多年，无论有没有发射任务，他每天都以实时发射准备的态度，严谨细致地观看云图，判读数据。有几次任务前，遇到极为复杂的气象条件，正是凭借他沉着冷静、准确发布的超短时临近预报，寻觅到了一个短暂发射气象窗口，为指挥部发射决策提供了至关重要的依据，火箭在雷电间隙中成功升空。

我刚到气象室工作时，张滢是我的组长，她皮肤白白的，齐耳短发，让人感到很亲切。她带着我熟悉室里的工作环境，还有仪器设备，接触下来，我发现她的工作态度特别严谨，她会把每天要做的工作、遇到的问题，都记录在一个本子上，一年一个本子，这些都成为宝贵的资料。她每天四点多就起床，要做的工作很多，只能挤掉休息时间。她不是我们气象专业科班出身，所以她付出的努力要比别人多得多。为了提高自己的业务水平，她中午也不休息，坚持在会商室手绘天气图，翻看近十年的天气图资料，只为能够对西昌的天气形势更加了解。付出一定会有回报，有两年时间，她在高密度任务中连续二十次进驻一线，十一次担任气象保障组组长，在任务中发现和排除重大故障二十余起。张滢姐姐是我的榜样，我特别佩服她。

从西昌到酒泉，再从酒泉回到西昌，我的人生有了升华。我深深感到，做一个航天人是幸福的，因为我们从事的事业，是伟大而不朽的。

聂荣臻元帅过生日

一九七九年十二月二十九日这一天，是聂荣臻元帅的八十岁寿诞。对于一个人来说，八十岁寿辰是个大数，应该好好庆贺一番。家人和工作人员商量，要不要到外面找个饭店，热热闹闹办一回生日宴，好好庆贺一番？但是，聂帅还是依照惯例，特别交代："关起门来自家过。"他定下的事，谁也不敢违背。那天，聂帅和家人以及身边工作人员一起，吃了顿欢乐的便饭。

　　聂荣臻的八十大寿就这样轻描淡写地过去了。

　　做寿、贺寿，是中国人的传统，也是全世界普遍的习俗。穷有穷的过法，富有富的铺张。战火纷飞的年代，聂荣臻没有心思，也没有时间专门为自己做寿。解放后，他忙于工作，后来又经历"文革"，很多的生日都搁到脑后了。在家人的记忆中，八十之前，大凡他过生日，无非是关起门来，由夫人张瑞华操持，全家吃一顿长寿面。就这么点简单的表示，有时因为他外出，有时开会忙，寿星不在，也只好免了。

改革开放之后，大街上高级酒店多起来，为何不到外面大吃一顿山珍海味？也有这个条件。可是，聂荣臻坚决反对，他痛恨铺张浪费。在家里吃顿便饭，既节省又实惠，他认准了这个，所以，一辈子他都没到外面摆过生日宴席。

至于中央领导同志和老战友、老部下来贺寿，也都是热情道贺畅叙心怀，一杯清茶、几盘水果而已，聂荣臻从未因做寿宴请过领导人。他说，君子之交淡如水，用不着吃吃喝喝套近乎。

一九八三年，聂荣臻八十四岁生日之前好几天，就有人把电话打到家里祝贺，他不高兴了，责问："谁那么嘴快，外面怎么知道生日的事？"秘书说："这还用我们宣传吗？您的回忆录开篇就写了您的出生日期，人家自然知道了。"聂荣臻听后笑了起来。这倒是他没想到的。

一九八九年十二月二十九日，聂荣臻九十岁诞辰。按照惯例，中央领导同志要来家里当面向他贺寿，但他从内心里不希望他们专门赶来，他们都很忙，大家都应该忙于国家大事，不应当为他个人的生日牵扯精力。所以这次九十岁生日，提前好几天，他就吩咐秘书向中央办公厅、军委办公厅报告，转达他的"不做寿、不受礼、不请客"的"三不主张"。他是节俭惯了，不想因此而造成浪费，别的不说，一个花篮得花多少钱？不顶吃不顶喝，过几天花儿就蔫了，钱就白白浪费了。那都是国家的钱啊！

他的"三不主张"起到了一点效果。虽然陆陆续续免不了有人来家里贺寿，但没有兴师动众。让他格外高兴的是，邓小平夫人卓琳带着小孙子、小孙女来给他祝寿。一进客厅，卓琳就大声说："今天是聂爷爷九十大寿，快给聂爷爷磕个头！"两个小家伙儿当即扑通一声，跪在了老爷爷面前，逗得大家哈哈大笑，聂荣臻笑得特别开心。卓琳对聂荣臻说："小平同志让我代表全家来祝贺你九十大寿，祝你健康长寿，超过一百岁！"卓琳的话又引起一片欢笑声。

聂荣臻九十岁的生日，就这样过去了。

一九九一年七月一日，是建党七十周年纪念日，是党的生日。自己的生日，聂荣臻不往心上放，党的生日，尤其是七十周年这个大的纪念日，聂荣臻牢牢放在了心上。纪念日到来之前，他就念叨，应该好好庆祝一下，一定得隆重一点，党走到今天，不容易啊！

怎么庆祝？把工作人员组织起来，以他的名义请大家吃顿家常便饭，大家唱唱歌，说说话，气氛搞热闹一点就可以了。工作人员特意为党的七十岁生日定做了一个大蛋糕，上面写着几个红色数字："1921—1991"。家里的人，还有全体工作人员都来了，大家唱完《没有共产党就没有新中国》后，有人说："请我党最早的党员之一聂帅讲话。"

大家热烈鼓掌。聂荣臻坐在轮椅上，沉默了好一会儿，只见他抬起颤抖的手臂，紧握着拳头，用力高呼："中国共产党万岁！万万岁！"

　　他的声音和表情震撼了在场所有的人，人们眼睛湿润了。这是聂荣臻从心灵深处发出的声音。他是真心实意地爱这个党。他为党奋斗了一辈子，他喊口号，绝不是虚情假意。

　　半年多之后，聂荣臻就去世了。

钱学森的境界

"我姓钱，但我不爱钱。"这是钱学森先生的一句名言。

他还说："如果为了钱，当初我就不回国了。"

他又说："我是一名科技人员，不是什么大官，那些官的待遇我一样也不想要。"

近来阅读钱老的传记文章，又重新看了一遍电影《钱学森》，对上面的三句话深有感触。

钱老是这么说的，也是这么做的。

早在一九五八年，他的《工程控制论》在国内出版，中文版稿费有一千多元，这在当时是一笔巨款，他二话没说，一分不留，全部献给了由他亲手创办的中国科技大学力学系，资助贫困学生买学习用具，以及系里购买器材。时过几十年后，还有当年的学生写文章回忆说，当年钱老出钱给买的计算器、圆规等学习用具仍然保留着。

一九六二年，他的《物理学讲义》和《星际航行概论》出版，得稿费数千元，这在当时更是一笔巨款，且那个时候是三年经济困难时期，他上有老下有小，一家人也是勒紧腰带过日子。但是拿到钱，他都没和夫人蒋英商量，就作为党费，全部上交给了党小组长。

一九七八年，钱学森又交了一次特殊党费。当时"文化大革命"刚刚结束，开始落实各方面的政策，他的父亲钱均夫老先生原在全国政协文史委员会上班，一九六九年去世。因为"文化大革命"的冲击，从一九六六年就不发工资了，直到去世，三年未领到一分钱工资。一九七八年落实政策，补发了三千多元的工资。钱学森是钱均夫唯一的儿子，自然有权继承。但是他认为，父亲已去世多年，这笔钱他不能要。退给文史委员会，人家拒收。怎么办？他故技重施，全部当作党费上交了。

深圳有一位老板，非常崇拜他，老板真心实意，要赠送给他一幢豪华别墅，让他来深圳时有个惬意的住处。他眼皮都没抬，客气地拒绝了。

一九九四年，他获得何梁何利基金奖，奖金一百万港元。他思前想后，觉得这笔钱不能留下，于是转交给"促进沙产业发展奖励基金会"，献给了我国西部的治沙事业。

二〇〇一年，他获得霍英东基金会颁发的科学奖金，也是一百万港元，像七年前那样，他再次把这笔钱捐献给"促进沙产业发展奖励基金会"。他说，中国有六十亿亩草原，是农田面积的三倍，把它治理好了，将会对中国的可持续发展产生重要的影响。

他拒绝参加任何成果鉴定会，因为他知道一些鉴定会名堂很多。还有，他拒绝参加任何"应景"式的活动，如开幕式、揭幕式、剪彩仪式等等，尽管会有礼品、红包什么的，他在乎这个吗？他还拒绝题词、写序，拒绝任何礼品，拒绝别人擅自封给他的任何头衔，所以你现在看不到有哪本书是钱学森写的序，看不到任何他的题词，就连他八十岁生日那天，中国科协办公室送给他半斤茶叶，他也给人家退了回去。

我父亲是电影《钱学森》的编剧之一，他说他一直忘不掉二〇〇九年钱老去世之后，在钱老居住了大半辈子的老房子里，钱老夫人、九十岁高龄的蒋英讲述的一个小故事——钱学森年轻时候喜欢绘画，敦煌是他早就向往的地方，他很想去看看莫高窟的壁画，多次念叨过。可是自从他二十世纪五十年代末参与火箭导弹研制，到他退出一线，近三十年的时间里，他无数次奔走于大西北的导弹试验基地，可他却没有去过一次敦煌。父亲等人不解，问蒋英：为什么呢？从酒泉卫星发射中心到敦煌，基地派个车，拉他去看看，并不费什么劲啊。蒋英是这样回答的，她说："一是钱学森他太忙，还有一个原因呢，我问过他，他说，我怎么好意思利用工作便利，去游山玩水？同志们会怎么想？结果呢，一直到去世，他都没去过敦煌。"

父亲说，听到这儿，他的眼睛里忍不住蓄满了泪水……

人这一生，要过很多关。名利关，也许是人最难过的一道关口。那些能够轻松越过去的人，都获得了大境界。许多年来，人们都知道钱学森是大科学家，知道他对我国导弹、火箭和航天事业，乃至整个国防科技事业都做出了重大贡献，知道他是我国航天事业的重要奠基人，却少有人知道他为人清廉、作风正派、淡泊名利的另一面。

钱老的一生，堪称至高境界。

最辉煌的与最珍贵的

大漠孤烟直，长河落日圆。位于新疆腹地、罗布泊边缘的马兰基地，是我国唯一的核试验基地。一九六四年十月的一声巨响震惊世界，正式宣布中国进入核俱乐部，从此中国有了护国重器。半个多世纪以来，一代又一代科学家、解放军指战员在那里奋斗，撑起共和国晴朗的天空。这里我选几个典型人物，讲给亲爱的读者听——

中国第一任核司令

一九五八年九月的一天，第三兵团参谋长张蕴钰在旅大驻地接到了紧急通知，让他立即到北京面见陈赓副总长。陈赓曾经是三兵团司令，是张蕴钰的老上级，他们很熟悉。而张蕴钰曾担任十五军的参谋长，震惊世界的上甘岭战役，就是他协助军长秦基伟打的。陈赓自然也很欣赏张蕴钰，向聂荣臻元帅推荐，由张蕴钰担任即将成立的核试验基地司令员，并很快得到中央军委批准。这一年张蕴钰四十一岁。

到北京当天晚上，张蕴钰就赶到灵境胡同陈赓家里。见了面，没说几句话，陈赓就直截了当地说："张蕴钰，叫你去搞原子弹靶场，是我推荐的。去了好好搞。"

张蕴钰回答说："行！服从命令！"

陈赓又说："你去找聂帅的秘书长安东，叫他给你说说情况。"

张蕴钰说："好！"

就这么简单的几句话，张蕴钰就告辞了。张蕴钰后来回忆：出了门，他突然想，我怎么能接受这么重要的任务呢？这事情确实太重大了，要不要回去，说个"不行"呢？……

他没有停下脚步，那个瞬间，他只是犹豫了一下，然后，他头也不回地走了，一直走向西北大漠，在大西北的沙漠戈壁，一待就是二十年！

他在回忆录中是这样描述当时心情的："当决定我担任首任核武器试验基地司令员时，我更是心情畅快精神振奋并感到荣幸。我明明知道这项工作对我来说是十分陌生的，对解放军任何人也都是一样，这是我军前所未有的任务，也知道搞原子弹是在荒凉的地区，而旅大是少有的好地方，但到什么地方去不是当兵的应该考虑的事，挑拣工作也不是我的风格。"

张蕴钰只带了一个警卫员，就乘车西去。过了西安、兰州、酒泉，过了嘉峪关，落日隐没，黄羊远去，敦煌近了，鸣沙山、月牙泉、千佛洞、烽火台、古长城……西风扑面，烟尘滚滚，远远近近的景物，消失的丝绸之路、汉唐英雄，都令他内心凝重，豪情阵阵涌现……

到了勘察大队驻地，他把应该看的地形地貌都看过了，把一大摞水文地质资料也研究过了，把勘察结果也都反复看了。夜里睡不着，他一个劲地吸烟、思考，他总觉得这个地方作为未来的核试验场不太合适，一是离敦煌太近，只有区区一百三十公里，莫高窟的壁画是老祖宗留下来的宝贝，一搞核试验，像来一场地震，毁了它，岂不是历史罪人？二是没有水源，松土层太厚；三是只能试验两万吨 TNT 当量，太小了。他想到，美国、苏联、英国，他们在本土，在太平洋，在北极圈，建立起十多个设备完善的大型核试验场，我们在自己的国土上建设核试验场，为什么只搞两万吨级的？两万吨支撑不了一个六万万民族！

回到北京，张蕴钰跟随陈赓等首长专程向聂荣臻汇报选场情况。张蕴钰坚持说："那里不行。"

聂荣臻问陈赓："你的意见呢？"

陈赓回答："那里不好，就另找一个吧！"

聂荣臻问："有目标吗？"

张蕴钰指着地图说："我想往西，一直往西，到新疆罗布泊去！"

聂荣臻同意张蕴钰率领他的人马向罗布泊进军。

一九五八年底，张蕴钰回到敦煌组织了一支二十多人的精干队伍，带了八辆车，携带了可用十天的各类物资和一部电台，带着一张沙俄测绘出的新疆地形图，顶着漫天风沙，经玉门关向西而去，一头扎进了罗布泊。

这是一片千古死寂的茫茫荒原，没有人烟，没有生命，只有海浪般连绵起伏的沙丘，寸草不生的砾漠，千姿百态的雅丹地貌，清冷沉寂的古老废墟……在这片荒漠的中心地带，便是消失了两千多年的楼兰王国的遗迹。近代西方探险家来过这里后，发出了这样的悲叹："可怕！这里不是生物所能插足的地方，而是死亡的大海，可怕的死亡之海！"

小分队摸索着前进，在死亡之海的边缘穿过，到达孔雀河边。这一天，他们逆河而上，又向西行进了一百多公里，通过目测，可以看出这一片戈壁地域开阔，比较平坦，他们选了一个点做中心，然后以此分东南、东北、西北、西南方向踏勘地形地貌和水源土质。往远处看，北部的天山博格达峰和南部的阿尔金山都很高大，海拔在五千米以上，像两道巨大的自然屏风，东部为土山和丘陵，再向南是一望无际的沙漠。这个区域内有流水不断的孔雀河，水资源比较丰富，并且方圆三百公里内没有人烟。把这里作为核试验场，算得上是天造地设。

一九五八年十二月二十八日，张蕴钰率勘察小分队在罗布泊西北一百多公里的地方，打下了第一根木桩。后来，这附近就做了第一颗原子弹的爆心。

离场区不远的一片平坦的土地上，有一丛丛美丽的小花朵迎风摇摆，当地人说，这种花儿叫马兰花。张蕴钰随即兴之所至，把核试验基地的生活区，命名为"马兰"。从那以后，马兰就成为核试验基地的一个代称。人们一说马兰，就是指核试验基地。

一九五九年五月下旬，张蕴钰率领刚刚组建的数万建设大军，浩浩荡荡地开进了罗布泊。这是继王震部队之后，新中国历史上军队又一次大规模开赴西北边陲。不闻连天号角，没有金戈铁马，从硝烟战火中走来的军人将在千百年前经历过血与火浇铸的古战场上，静静地拉开铸造核盾牌的序幕。

首先面临的便是生存问题。他们因地制宜地搭帐篷、挖地窖、盖简易营房，并在营房周围垒起了一排排的麻黄草，扎成了一棵棵人造树。这种因陋就简的建筑方式，不仅节约了大量经费，解决了人畜的防暑防寒和设备器材的储放问题，而且还给荒凉的罗布泊带来了一个人造春天。

就这样，五万大军在张蕴钰的带领下历尽千辛万苦，终于于一九六三年十二月底完成了核试验场的所有建设。公路、机场、地下工事修筑齐全；指挥、通信、监控、检测、观察等设施均建成并测试完毕；102.438 米高的铁塔也庄严地矗立于戈壁之中，只等着与"神弹"拥抱。

一九六四年十月十四日，我国第一颗原子弹被稳稳当当地吊升到爆心铁塔的顶端，静静地等待着施展雄风的时刻。十月十六日清晨，高擎着原子弹的铁塔周围数公里范围内万籁俱寂，各部队、各参试单位均已撤至安全地带。当天上午，技术人员完成了原子弹引爆装置的最后安装，张蕴钰最后一个撤离爆心危险区。

十五时整，随着异常清晰的"10、9、8……4、3、2、1"倒报时的结束，一道强烈的闪电划破天空，紧接着滚来一阵雷鸣般的巨响。当腾空而起的巨大火球映入张蕴钰的眼帘时，防护墨镜后的双眼涌出了两行积蓄已久的热泪。此时，在他眼里，罗布泊不再是"死亡之海"，而是共和国最新奇的土地，中国人民在这里树起了一座崭新的国防尖端技术的里程碑！

张蕴钰思如泉涌，当即吟诗一首：

光巨明，声巨隆，无垠戈壁腾巨龙，飞笑融山崩。

呼成功，欢成功，一剂量知数年功，敲响五更钟！

张蕴钰将军是共和国第一任核司令，领导了我国核试验基地的建设。他将自己辉煌的人生篇章书写在罗布泊这块被人称为"死亡之海"的土地上，为我国核试验基地的创建和发展立下了不可磨灭的功勋。

最辉煌的一页

在吕敏院士八十多年的人生履历中，最辉煌的一页是写在罗布泊大漠上。那片亘古、苍凉的土地，曾以震撼世界的巨响成为中国宁静的地平线上最壮丽的风景。吕敏饱蘸着生命的血液在这道风景上抹上了浓重的一笔。尽管他已经离开那里很多年，然而，那片土地上所发生的一切无不成为他时常的惦念与牵挂。

他的父亲是著名语言学家吕叔湘，吕敏并没有承袭父辈的语言细胞，而是选择了探索自然科学之路。一九五二年，吕敏从浙江大学毕业，他选择的是基础物理研究工作，专心从事宇宙线和基本粒子的实验研究，并发表多篇论文。然而，历史给予他的是另一种机遇。一九五九年，受组织派遣，他来到苏联杜布纳联合研究所，在那里，他从此接触到更多与核技术有关的课题。

中国核试验基地这时候正在加紧建设。然而，天有不测风云，苏联当局突然撕破脸皮，从中国撤走了全部专家。刚刚起步的中国核试验事业顿时陷入了巨大的困境。

压力，往往是一种动力。中国开始依靠自己的力量铸造核盾牌，第一颗原子弹成了亿万人民心中的"争气弹"。一批才华出众的有志青年从此走上中国核事业的历史舞台。著名科学家钱三强点了吕敏的"将"，让他去罗布泊的核试验基地搞核物理诊断研究。

罗布泊大漠，成了吕敏的第二个家，也成了吕敏一生最辉煌的舞台。

在第一次核试验中，吕敏负责核链式反应动力学参数的测量。这个参数直接反映核武器的反应过程，是检验武器性能的重要参数，是武器试验中必须测到的参数。核爆炸反应激烈，整个过程发生在百万分之几秒的一瞬间。要捕捉到这微妙信息，准确描述这个过程，并在核试验无人看管的条件下，自动记录一套数据，难度可想而知。

摆在他面前的任务非常艰巨，他要制定一个切实可行的方案，研制一套快速射线探测器，研制快速记录示波器，要建立一套模拟标定源。最后还要把它们配在一套完整的测试系统中。这些工作必须在一年多的时间内完成。国外对核试验诊断都特别重视，各国为此投入大量的技术力量和仪器设备，仅美国就进行了上千次试验，一次大型试验动用上千台记录示波器。但我国从这些核大国那里得不到任何资料和技术支援。试验条件又艰苦，当时吕敏所在的单位没有实验室，他们只好把室内的技术人员组织起来，把大家分到兄弟单位的实验室开展技术准备工作。经过艰苦努力，他们的研究成果经受住了考验，在试验中获得了满意的、可靠的波形，为我国第一颗原子弹试验成功提供了第一组核裂变反应动力学数据。为此，吕敏荣立个人二等功，研究组荣立集体二等功，该项目后来获国家科技进步二等奖。

此后，他们不断改进仪器设备的性能，在几十次核试验中，提供了大量的链式反应动力学重要的实测数据。随着我国核武器水平的提高，核装置爆炸涉及的物理过程增加，其中聚变核反应起重要作用，这就要求在每次核试验中取得更多的实测数据，用以检查理论设计和计算的可靠性。同时我国的核试验已转到地下进行，核试验面临新的挑战，在这样的条件下，吕敏先后提出多项实时物理诊断测量项目及测量的基本物理方案，并指导年轻同志们加以实现。为了使每次竖井方式的地下核试验能够得到更多的实测数据，吕敏提出采用多测量项目钢架组合的核试验方案，并促进其实现，使竖井核试验中能够顺利地同时进行多项目物理测量，为每次核武器试验都获得丰富的数据创造了条件。所有这些工作都取得了成功，使我国核试验水平大大提高。为此吕敏曾多次获得国家级奖励。

一九八三年秋天，吕敏担任了基地科技委主任，成为中国核武器试验技术上的最高负责人。他肩上的担子更重了。由于长期在艰苦环境下工作，给他的身体带来了很大损害，终于他被病魔击倒，由于基地医疗条件有限，他的病情迅速恶化，为此，上级专门派直升机把他转送新疆军区总医院，接着又转往北京三○二医院，经过检查确诊是肝硬化。医生说，如果再晚几天来，就没救了。躺在病床上，吕敏仍然想着工作，病情刚好转，就想出院，妻子劝他不要心急。他却说："我好了，就是要工作的！"他拿起笔，在病床上写下了这样的诗句："梦魂西去北山下，心神又到爆室旁。"

病愈后，组织上考虑到他的身体状况，把他调到北京某研究所工作，他仍然从事与核技术有关的研究，后来他在这一领域又取得了许多新的科研成果。

有人问吕敏，你在基地二十多年后悔吗？吕敏微笑着摇摇头说："科技人员能干这份工作也是一种机遇，没有这份工作，哪能出这么多成果，得那么多奖？苦是苦点儿，但是值得的。"

吕敏刚进戈壁之初，是基地最困难的时期。茫茫戈壁荒无人烟，气候非常恶劣，一年中有好多个大风天，八级以上的大风就有几十次，狂风大作时，飞沙走石，天昏地暗，人都站不住脚。环境苦，生活也苦，尽管国家为基地科技人员实行特供，但"特"也不能特到哪里。每月只能买一次鸡蛋，而且数量有限。那时候，住房条件也很差。吕敏四口之家只能挤在一间十四平方米的房子里，大孩子睡在他进疆时用十元钱买来的两个大木箱上，地方小，摆不下饭桌，一家人就围在一台缝纫机上就餐。这些"宝贵"的东西，吕敏至今仍保留着，作为纪念。

钱三强先生是吕敏事业上的引路人。二十世纪八十年代初，有一次，钱先生遇到吕敏的父亲吕叔湘，抱歉地说："我把吕敏搞到新疆去了，这么多年回不来。"后来吕敏知道了这件事，主动给钱先生写了一封信，信中说："知识分子能有机会参加重大的国家任务是十分光荣的。这一生能为国家做一些实际有用的工作，感到很欣慰。即使在边疆艰苦环境中生活多年，身体受到较大影响，我也不后悔！"

大漠的生活，铸就了吕敏的朴实与博大。作为一名科学家，也作为一名"故乡人"。吕敏与罗布泊大漠有扯不断的情丝。

国家的需要就是我的志愿

乔登江一九二八年出生于江苏高邮一个贫穷的农民家庭，

后随父母流落到南京生活。一九三七年南京陷落后，他在逃难途中遇到日军飞机的轰炸，慌乱中，九岁的他右眼被伤，没有得到及时治疗，永远失去了光明。整个少年时期，他生活在日本统治下的南京，耳闻目睹日本侵略军的残忍，饱受亡国的耻辱，因而，从小便立下振兴中华的大志。高中期间，在进步师生的思想熏陶和教育下，逐渐接受了马列主义。一九四八年春天，考取南京金陵大学物理系后，积极参加共产党组织的反对国民党政府的学生运动，并在南京即将解放时加入中国共产党。其后，积极投身于迎接南京解放的活动。南京解放后，根据党组织的安排，他又参加了许多政治运动，使他在组织能力方面得到了不少锻炼。一九五二年毕业后，由于他的天赋和出色的组织能力，被留在该校任助教。一九五二年底院系调整时，被调到南京师范学院理化系任助教。

一九五五年春，学校派他到北京师范大学理论物理系进修班学习，他非常珍惜这一机会。一九五七年秋进修结束后，为充实基层教学工作，他被调到苏州市江苏师范学院物理系讲授理论物理。在初到的两年里，除了搞好教学外，他还在等离子体物理方面开展些研究工作。一九六〇年被任命为副系主任、系总支副书记。

时光到了一九六三年，乔登江迎来了自己一生中的一个重要时刻。三月初的一天，院党委书记严肃地找他谈话，告诉他，学院接到中央组织部调令，点名要他在本月底之前去北京二机部（即当时的核工业部）八局报到。突如其来的调令，让乔登江和家人陷入巨大的纠结和矛盾之中——他自己从事教学工作已经多年，所教内容已经滚瓜烂熟，到了不用备课就可以上讲台的程度，同时利用教学空余时间还开展了一些科研工作，眼下该是出成果的时候了；尤其是他妻子林祖缃刚从苏联留学回国安置在上海工作不久，孩子才一岁多……

说心里话，他实在是不想离开现在的岗位。

然而几经思考犹豫之后，他下了决心：当国家利益与个人利益发生冲突时，作为一名党培养的知识分子，应该把国家的需要当成自己的志愿！

他告别了情有独钟的高等教育事业，告别了生养自己且已年迈的父母，告别了聚少离多的妻子和刚会叫"爸爸"的宝贝儿子，来到北京二机部八局报到。他当时并不知道调他来这里干什么，只是隐隐约约感到他的使命与核武器有关。接待他的同志只告诉他一句话："请你到西直门总政招待所找张超同志报到。"他恍恍惚惚去了，找到了张超，才知道张超的身份是某研究所的所长。张超直截了当地对他说："欢迎你，乔登江同志！组织上调你来，是让你参军，到国防科委来，从事我国核武器试验的理论研究工作。你有什么意见吗？"

他一下子蒙了。

此时，他才知道自己将要"携笔从戎"！这一年他三十五岁。

这个时刻，一种神圣的责任感和使命感令他热血沸腾！他来不及和家人商量，当即决定，接受组织上的安排，进入核试验基地研究所，担任理论研究室副主任，主持核爆炸效应和实验安全的研究。从此，他义无反顾踏上了为我国国防尖端事业献身的漫漫征途。

一九六四年，我国进入首次核试验的实施阶段，六月，乔登江随同志们进入新疆罗布泊核试验场，负责我国首次核试验的安全和各种破坏参数的计算。在"天上无飞鸟，地上不长草，千里无人烟，风吹石头跑"的艰苦环境中，住帐篷，战戈壁，"饥餐沙砾饭，渴饮苦水浆"，为中国首次核试验的圆满成功做出了贡献。

一九六六年十月，研究所从北京迁往新疆马兰。就在这一年，他参加了两弹结合试验。试验圆满成功后，他与张超、程开甲、吕敏等九人，作为我国核试验研究所的代表，在人民大会堂受到了党和国家领导人的接见，并合影留念。

此后的二十多年里，他参加了包括地面、空中、地下的平洞、竖井等方式的二十多次核试验，解决了核试验效应和安全中的关键问题，为人员、物资和测试设备的安全以及取得准确实验数据提供了可靠保证。他克服了一系列的困难，带领同志们白手起家，从核爆炸现象学开始，采用数值模拟和理论分析方法，对核爆炸早期的物理现象，核爆炸冲击波、光辐射、早期核辐射、核电磁脉冲的产生机理、传播规律以及放射性沾染形成等都进行了理论研究，并结合现场试验数据进行了系统的分析总结。在中国即将结束大气层核试验时，他及时地主持编写了《核爆炸效应参数手册》。在完成上述各种实验方式现场工作的同时，他还对高空核爆炸的现象学进行了系统的研究，特别是在高空核爆炸环境和抗辐射加固实验技术方面，取得了卓有成效的结果，为战略导弹抗辐射加固技术研究提供了基本依据。

乔登江一九六三年调入核试验基地研究所，至一九八八年退役回到上海，一直过着两地分居的生活。研究所在天山深处，由于保密原因，这里几乎与外界隔绝，信息闭塞，形成无社会依托的封闭小社会。在所里成家的人员，可以利用节假日进山沟拾柴火，业余时间种点儿菜，以弥补文化、物质生活的贫乏。分居独身的生活便显得寂寞、单调了。乔登江全身心地投入所从事的工作，以充实自己的生活。他把分居的生活，作为自己摆脱家务烦扰、集中精力攻关的有利条件而加以利用。后来每当回忆起这二十多年的分居时光，他总是感觉愧对妻子和两个儿子，他欠家庭很多"债"，他认为，越是这样，越要全身心地投入工作，只有取得更大成绩，才能报答家人对自己的支持和理解。

在他二十多年的牛郎织女生活期间，正是中国大气层核试验的鼎盛时期，也是地下核试验技术起步和不断改进的时期。随着核试验技术的发展，许多新的问题迫使他忘我地工作。在这期间，他除了用理论解决试验中所出现的各种技术问题外，还结合我国现场试验的实践，进行了核爆炸理论和现象学的全面总结，经数年不懈的耕耘，编著了近七十万字的《核爆炸物理概论》。该书全面反映中国核试验中核爆炸物理的研究成果，是中国在此领域中的唯一专著，对推动中国核爆炸物理的深入研究做出了重要贡献。

一九八八年五月，乔登江在乌鲁木齐体检时，被确诊患上了肾癌，组织上派人把他送到三〇一医院，准备为他做右肾切除手术。即使到了北京，住进了医院，乔登江还时刻惦念着工作。在准备手术的那几天，医院附近的炮兵招待所正在开一个抗辐射加固学术会。一天下午，他偷偷从医院溜到会场，了解会议的研讨情况。第二天，他又起了个大早，第一个出现在会议室的门口。在这次会议上，他抱病做了两个多小时的发言。上了手术台后，他问医生："几个月可以工作？"他对身边的人说："我不求长生，但求不虚此生。"

手术很成功，他与死神擦肩而过。

年底，因为身体原因，他退出现役，回到上海的家中。那个当年离家时意气风发的青年学者，此时已经是满面沧桑。退休后，他对我国的国防科技事业初衷不改，仍然活跃在科研试验第一线，从事核模拟和抗核辐射加固以及高新技术武器的基础研究，并在基地研究所担任了博士生导师，完成了多个国防科研预研基金项目。退休九年之后，乔登江高票当选为中国工程院院士。专家学者对他的评价是："他是我国核爆炸、核武器效应及核辐射加固技术领域开创者之一"，"他参与开创了核爆炸景象学研究"……

与加速器一同奔跑

一九六四年十月十六日，在广袤的西部大漠深处，我国第一颗原子弹试验成功，一声巨响震惊了世界。这一年，邱爱慈从西安交通大学毕业，她没有选择回到风光秀丽的故乡浙江绍兴，而是主动申请到边疆去、到祖国最需要的地方去。

邱爱慈有一个十分不幸的童年：在她还未降生到这个世上时，父亲就被日本鬼子杀害了。当时只有三十一岁的母亲领着她们姐妹三个，还有一个老奶奶生活，困难可想而知。在逃难的路上，尚在襁褓中的邱爱慈差点儿被日本人摔死。全家靠做豆浆、卖臭豆腐为生。她上小学时，每天早晨要早早起来，给人家送豆浆，然后再去上学。正是在这样的环境下锻炼了她坚强的毅力和吃苦耐劳的精神，从上小学，然后到杭州上女子中学，再到西安上大学，她学习成绩一直名列前茅。

邱爱慈学的是高电压技术专业，大学毕业时，她完全可以回到家乡，与一辈子含辛茹苦的母亲一起生活。然而她与那个时代的许多大学毕业生一样，认定"祖国的需要就是我的志愿"。她毅然来到马兰核试验技术研究所工作并一直留在了大西北。在此后几十年的岁月中，她的足迹遍布戈壁大漠和黄土高原。怀着对国家的热爱和对事业的执着追求，她成为我国高功率脉冲技术和强流电子束加速器技术主要开拓者之一。

刚分到所里，她就一头扎进自己并不熟悉的国防高技术工作中，很快成为技术骨干。一九六九年，她在绍兴生下大女儿后，为了不耽误工作，她狠狠心把孩子留给年已六十多岁的老母亲照顾，只身一人回到单位。一九七一年，生下二女儿后，正赶上北京召开中国第一台脉冲电子束加速器总体方案讨论会，而且会后要经常出差，她只好又把这个孩子交给母亲，让母亲送到绍兴乡下找奶妈抚养。后来，为了减轻母亲的负担，她曾将大女儿接回自己身边。一九七三年，大女儿刚刚习惯了这个新家，而此时加速器研制遇到了前所未有的困难，需要她长时间去外地出差协作。为了工作，她只好又将大女儿送回老家交给母亲。母亲年纪大了，实在没有精力同时照看两个孩子，她只得将大女儿送进幼儿园全托。上午把女儿送进幼儿园，她下午就走了。结果由于不习惯，大女儿在幼儿园哭了整整一周，得了慢性咽喉炎，许多年都治不好。

邱爱慈全身心地投入工作，成为领导眼中难得的女干将。高功率脉冲技术是尖端高技术的支撑技术之一，在许多科研项目中有着重要用途。一九七一年，邱爱慈参加了我国第一台高阻抗电子束加速器的研制、改进工作，年仅三十岁的她被委任为本单位这个项目的技术负责人，全程参加研制工作，在大家共同努力下，成功研制中国束流最强达 1MA 的低阻抗强流脉冲电子束加速器"闪光二号"。

一九七八年，她被任命为基地核技术研究所最年轻的研究室副主任。

二十世纪八十年代初，国家要建更大的低阻抗强流脉冲电

51

子束加速器。这是一个高难度的科技工程项目，当时只有美苏等少数国家能研制。四十岁的邱爱慈主动请缨，在老一辈科学家的信任和支持下，她承担起这个大项目的研制工作。她瞄准当时世界先进水平，把该加速器的指标定在"过几十年也不落后"的水平上，并提出了内容充实的研制可行性论证报告。在制定研制方案的关键时刻，她累得病倒了，住院一百零七天。但在病床上她也没有停下来。除了配合治疗外，还完成了周密细致的研制设计方案报告，得到了上级领导和专家的认可。项目立项上马后，邱爱慈和项目组近二十名同志，开始了长达数年的艰苦攻关。随着一个又一个技术难点被攻克，加速器研制进展顺利并一次调试成功，研制工作最终取得了圆满成功。《人民日报》等国内权威媒体对该项目的成功做了报道，称它标志"我国加速器研制跨入世界行列"，"我国高科技领域又一重大突破"，"我基础科学研究引起世界科坛瞩目"等等。该加速器在科研试验中发挥了并正在发挥着重要而又不可替代的作用，它标志着中国在这个领域已占有一席之地，成为继美俄英之后第四个掌握这一高技术的国家。三十多年后，这台加速器仍然在科研试验中发挥着重要作用。

由于邱爱慈杰出的成就，一九九九年，她被评为中国工程院院士。她是能源与矿业学部唯一的一位女院士。她还是中国女将军中唯一的院士，院士中唯一的女将军。

五十年来，邱爱慈不知疲倦，一往无前，与她的加速器一同奔跑。现在她虽然已七十七岁高龄，但依然活跃在科研工作一线。近年来，在军民融合的大背景下，面向国家重大需求，她领军开展了"Z 箍缩重大科技基础设施"研究工作，取得显著进展。此项目是教育部首批国家重大基础设施培育项目。谈及此项目，邱爱慈说："我会继续为这个项目搭建平台、组建人才队伍，因为这是我的梦想，这也是钱学森先生等老一辈科研工作者共同的梦想。"

"如果有来生，我还要走这条路……"

我国马兰核试验基地创建之后，几十年里，有大批的核科学家来基地组织和参与核试验，他们虽然不属于基地编制，但他们都在马兰留下了闪光的足迹，他们同样把使命和忠诚书写在戈壁大漠上。

邓稼先是他们中的一个代表。

"两弹一星"的成功，确立了中国的大国地位。但是，中国"两弹一星"成功后，很长一段时间，国际上一直有人猜测，原子弹是由外国人帮助中国搞的。尤其提到了曾经参加过美国曼哈顿计划并于一九四八年和丈夫一起来到中国的女物理学家琼·辛顿，也就是后来的寒春。说她参与了中国的原子弹工程。

一九七一年，美籍华人、诺贝尔物理学奖获得者杨振宁辗转来到北京，在首都机场迎接他的，是他最想见的挚友邓稼先。两位阔别了二十多年的好友再度见面，他们彼此深情地凝视着，童年的友谊、少年时代美好的交往、一九四九年在美国分手以后内心深处连绵的牵挂，使他们思潮涌动，感慨万千！

　　杨振宁在北京的日子，因为邓稼先的陪伴，显得丰富而实在。但他并不知道，因为迎接他，周恩来亲自点名，邓稼先才从大西北的"学习班"给放回来的，此前他和一些著名的科学家已经被"关"了四个月，接受所谓的批判和教育。十多年的辛勤，十多年的付出，十多年承受常人难以想象的压力，邓稼先过早地有了白发，与杨振宁相比，他显得苍老疲惫。由于严格的保密规定，他只能告诉好友，自己在京外的一个单位工作。而杨振宁曾经从国外的一些资料上看到过，邓稼先参与了中国原子弹的研制。他很想问个明白，但是他不想唐突，他一直克制着自己的这种冲动。

　　结束在北京的行程，杨振宁要去上海，临登机前，在停机坪栅栏口，他突然回身对相送的邓稼先说："我在美国听说，有一个叫寒春的美国人曾经参与中国原子弹，这是真的吗？"邓稼先顿时愣了。他不知道该怎么回答，说没有，你怎么知道的？那不就暴露自己的身份了吗，这样也就违反了保密纪律；如果说不知道，可是两人几十年情同手足的交情，他又怎么能欺骗老朋友？情急之下，他只好说："振宁，你先上飞机吧，这事以后你或许会知道的。"从机场回来，邓稼先把这个情况向领导汇报了。一直汇报到周恩来那儿，周恩来明确指示："可以让邓稼先如实告诉杨先生，中国的原子弹、氢弹，全部是由中国人自己研制的，没有一个外国人参加。"

上海锦江饭店宴会厅，上海市政府为杨振宁举行欢迎酒会，席间，一位工作人员走到杨振宁身边，递上一个信封，说是北京派专人紧急送来的，是邓稼先先生写的。杨振宁本能地一愣，接过信封，撕开。邓稼先信中写道："振宁：你好！上次你问的问题，周恩来总理让我如实告诉你：中国的原子弹、氢弹，全部是由中国人自己研制的，没有一个外国人参加……"杨振宁读着信，眼睛一下子湿润了。他起身去了盥洗室，热泪盈眶的他低下头，拧开水龙头，捧起一捧冷水，捂住眼睛，捂住脸……

后来杨振宁回忆说，当他看到邓稼先信上说的"全部是由中国人自己研制的"这句话，怎么也控制不住自己的情感，泪水夺眶而出，他去盥洗室洗脸，借以掩饰自己……

一九八五年七月，担任核武器研究院院长的邓稼先被查出直肠癌时，已是晚期，他住进三〇一医院，进行了两次大手术。他的日子已经不多了。一九八五年国庆节，他在妻子的陪伴下，来到天安门广场。以前他忙，没有时间来天安门广场看看，现在他闲下来了，他的身体也垮了，他坐着轮椅，妻子许鹿希缓缓推着他过来。他们停下，久久仰望着高高飘扬的国旗。邓稼先的泪，缓缓地流下来，他喃喃自语："如果有来生，我还要走这条路……"

许鹿希极力克制着，不让泪水流下来，但还是有两颗泪珠滚落而下……

邓稼先去世前，杨振宁曾经两次来医院看望他，一次是一九八六年五月三十日，一次是同年六月十三日。第一次来时，看邓稼先情绪不错，杨振宁问他，搞原子弹、氢弹，得了多少奖金？

邓稼先犹豫一阵，有点不好意思地竖起两根指头。

杨振宁问："二十万？"

邓稼先答："二十块。"

杨振宁摇头不信。

邓稼先又说："原子弹十块，氢弹十块。"

杨振宁再次摇头笑了："开玩笑吧？"

邓稼先认真地说："我说的是真的，振宁。"

许鹿希在一旁说："稼先说的是真的，过去没有奖金这一说，去年原子弹和氢弹被评为国家科技进步特等奖才发的奖金。原子弹特等奖的总数是一万元，但因为人多，人人有份，院里又垫上一些，才按十元、五元、三元三个等级发了。稼先得了十元。再加上氢弹的十元，共二十元。"

杨振宁不笑了，严肃了，钦佩的目光看着邓稼先："二十元……二十元……世界上很多东西，是不能用金钱来衡量的呀……"

杨振宁第二次来时，邓稼先的身体已经很虚弱了，许鹿希照顾他换上一身新衣服。他的嘴角有一丝血迹，许鹿希递给他一个棉团。他对着床头柜上的小镜子，把嘴角的血仔细擦干净。杨振宁怀里抱着一大束鲜花，轻轻地走进病房，许鹿希搀着邓稼先站起来迎接他。许鹿希上前接过鲜花。邓稼先与杨振宁深情地、无声地拥抱，两人眼里都含着泪水。也许邓稼先意识到这是最后一次和老友见面了，他和杨振宁来到病房阳台上，让许鹿希给他们照了一张合影。那张照片上，邓稼先的右嘴角下面有一片血迹，此时的他由于病入膏肓，口、鼻不断流血，但照片上他的笑容却是灿烂的、幸福的。杨振宁走了，病房又恢复了宁静，邓稼先躺在病床上，望着窗台上那一大束鲜花，平静地对妻子说："外国人的习惯，是在朋友的墓前送上一束鲜花。振宁他知道我不行了……"

许鹿希悄悄抹去眼角的泪。

一九八六年七月二十九日，邓稼先去世，年仅六十二岁。他临终前留下的话，仍然是如何在尖端武器方面努力，他叮嘱说："不要让人家把我们落得太远。"

从追赶到超越

让时光回到二〇〇三年。

那一年的二月二十八日上午，第三届国家科学技术奖励大会在北京人民大会堂隆重举行，金怡濂作为本届最高科学技术奖的唯一获奖者，格外引人注目。

那天，全国人民通过电视认识了他——一位在巨型计算机领域成就了伟大事业的杰出科学家。他已经七十四岁，一米八几的个头，身板笔直，风度儒雅，依然那么富有朝气。他身着为参加这次盛会特意买来的白色衬衣、紫红色的领带、银灰色的西装，健步走上主席台，从国家主席江泽民手中接过国家最高科学技术奖获奖证书，并代表全体获奖人员发表感言。他深情地说："国运昌则科技兴，科技兴则国力强。科学工作者只有把自己的事业和国家的繁荣、民族的昌盛紧密联系起来，才能大有作为。"

让时光继续倒流……

金怡濂祖籍江苏，父亲金奎曾经留学美国，回国后被交通部指派到天津电话局担任工程师，母亲王畹兰大户人家出身，知书达礼，心灵手巧，任劳任怨操持家务，相夫教子。一九二九年出生的金怡濂从小受到良好的家庭教育，他聪明而好学，性格温润。小时候金怡濂印象最深的是父亲向孩子们灌输的有关科学救国的思想，父亲常讲，只有科学和技术才是最清白、最清高的，只有发展科学技术，中国才能强大。父亲还时常启发他们，做人做事要靠自我奋斗，要有吃苦耐劳的精神，同时对自己的聪明才智和能力，要有充分的自信。

他一直忘不了，即将上小学的那年夏天，父亲为了让他体验一下，专门领他坐了一回火车，从天津东站上车，到天津北站下来。这是他头一回坐火车，非常兴奋。父亲问他："有一个中国人，他是修铁路的大师，你知道他是谁吗？"他回答："知道，是詹天佑，他修过京张铁路。"父亲非常满意，给他讲詹天佑的故事，进而启发他说，詹天佑的例子很能说明中国人的聪明才智，中国人虽然穷，但非常聪明，只要下功夫，肯努力，开动脑筋，外国人能办到的事，中国人也一定能做到。

父亲的这些话，在他幼年的脑子里留下了特别深的印象。他小时候的理想，就是将来当一名詹天佑那样的工程师，做一个对国家有用、靠本领吃饭的人。后来参加了工作，有一次乘火车去张家口出差，他还特意在出北京不远的青龙桥站下了车，专门来到詹天佑铜像前拜谒。

六岁那年，他进入天津有名的耀华学校读书。耀华，耀华，光耀中华，多么美好的愿望！这所学校的校长赵天麟先生是著名的爱国教育家，一九三七年夏天，日军占领天津后，赵校长因高举爱国旗帜，抵制日本人的奴化教育，触怒了日本宪兵队，最后遭到日本宪兵的暗杀。出事那天，金怡濂所在班的国文老师王文芹臂缠黑纱缓缓来到教室，把赵校长的死讯告诉同学们，然后重重地在黑板上写下两排大字："好好读书，报效祖国，打倒日寇，为敬爱的赵校长报仇！"

这悲壮的一幕让金怡濂终生难忘！校长的牺牲，令金怡濂既震惊又悲痛，包括他在内的所有耀华学生在经历此次事件以后，仿佛忽然间长大了很多。在这些少年的内心，萌发、积聚了仇恨和志气，他们在动荡岁月里读书，在国难战火中成长，在民族气节的熏陶下前行，他们对于"爱国""强国"这样的字眼，有着格外深刻的理解。

一九四七年，金怡濂中学毕业，他填报了四所高校，依次是清华大学、燕京大学、天津的北洋大学和工商学院，结果四所学校都录取了他。父亲希望他上燕京，因为燕京可以提供助学金，上燕京不用家里花钱。这时候，由于物价飞涨，加之全家七口人全靠父亲一个人的薪水，哥哥姐姐和弟弟都还要读书，金家的日子已经快要揭不开锅了。可是，思前想后，他还是希望去清华，因为清华电机系对他的吸引力太大了，他不想放弃。父亲沉默了许久，一直没有表态。一向听家长话、腼腆内向的他，这一回似乎特别执拗，一副不达目的不罢休的样子，眼里不时有泪水打转转。父亲叹口气，终于转了念头——

清华电机系开设的可都是当时尖端热门的学科，学这个专业，儿子将来能找到金饭碗不说，更重要的是，他不是早就给儿子灌输科学救国的道理吗？去清华，是实现这个理想的最佳途径。从这个层面上来看，多花点钱，是值得的！于是，父亲最后拍板："爸就是砸锅卖铁，也要供你上清华！"

金怡濂如愿进入清华电机系学习，这个系集中了全国的尖子生，他所在的班后来出了四个院士，还有一位共和国总理——朱镕基。

金怡濂没有奖学金，家里经济拮据，他尽量减少给家里要钱，吃最简单的饭菜，衣着陈旧朴素，别人早晨用牙膏刷牙，他舍不得买，就用盐或牙粉代替。理科生必备的计算尺，以及部分教材，是父亲从一个孩子上清华的朋友那里借来的。他生活上不和别人比，而是从学业上下功夫，清华四年，他的成绩一直保持中上等水平——这在尖子生云集的清华电机系，能够保持中上等成绩，亦是难能可贵。

一九四六年，世界第一台电子计算机在美国宾夕法尼亚大学诞生，它一问世，就在国际科技界引起巨大轰动。这是一个标志性的事件，人类由此进入了信息时代。

新中国成立后，百废待兴，党和国家敏锐地意识到电子计算机这一新兴科技的重大意义，一九五六年，周恩来总理亲自领导制定我国科学技术发展十二年远景规划，把计算技术、半导体、电子学、自动化共同列为"四项紧急措施"，随后即选派一支二十人组成的进修队，赴苏联科学院精密机械与计算技术研究所等科研院所学习。

已经在技术岗位工作了五年的金怡濂，幸运地成为其中的一员。因为这个缘故，他走进了一个自己并不熟悉的崭新领域——计算机研制，从此开始了"缘定一生"的计算机事业。

这二十个人，便是新中国计算机事业的二十粒"火种"，或者说是"开路先锋"。金怡濂和同学们，当时不可能预测计算机将会怎样深刻地改变这个世界，但是祖国的重托，使他们丝毫不敢懈怠。他们抓紧这难得的时机，如饥似渴地学习掌握计算机技术。

刚到莫斯科不久，一个令他悲痛不已的噩耗传来——亲爱的妈妈病故了。他不可能回去送母亲最后一程，只能躲在宿舍大哭一场，然后擦干眼泪，到实验室埋头工作。

实习期间，还有一个令金怡濂终生难忘的场面——毛泽东主席到苏联访问，特意在莫斯科大学礼堂接见中国留学生，金怡濂有幸亲耳聆听了毛主席的教诲："世界是你们的，也是我们的，但是归根结底是你们的。你们青年人朝气蓬勃，正在兴旺时期，好像早晨八九点钟的太阳，希望寄托在你们身上……"金怡濂听着，听着，他眼含热泪，热血沸腾……这个美好的时刻，对他的人生产生了非常深刻的影响，一次次地鞭策着他，为共和国的计算机事业不懈奋斗……

时光在流逝……

回国后，金怡濂参加了我国第一台大型电子计算机一〇四机的研制，该机于一九五九年国庆节前宣布完成，为新中国成立十周年献上了一份厚礼。我国第一颗原子弹的相关科学计算，就是在一〇四机上完成的。

随后，他又参加了多个机型的研制，逐步成为技术骨干，多次获奖。一九六一年，他被任命为研究室副主任，这在当时属于破格提拔的知识分子出身的年轻技术干部。

中国的大型计算机事业在接下来的动荡岁月中艰难推进——三年困难时期，"文化大革命"的爆发，国家搞大三线建设，单位一迁再迁——这些因素都对这个事业产生了很大影响。好在金怡濂等人也在挫折中不断成长，他逐步脱颖而出，最终成为大型计算机研制领域的技术领军人物。

一九六九年，国家决定上马九〇五乙机的研制。九〇五乙机，是九〇五国家重点工程的一个组成部分。它是我国大型计算机由单机模式向并行模式迈进的一个重要转折点，更是金怡濂科研生涯的一个重要里程碑。

由于受到"文革"动乱的影响，研制工作波折不断，推进十分艰难，工程上马近三年后，几乎还在原地踏步，上级决定调整技术力量。这个时候，天降大任，金怡濂被指定负责该机总体设计，后又被指定为整机技术负责人。

金怡濂上任后，工程依然是困难重重，举步维艰。经过充分思索和多方调研后，他在国内首次提出双机并行处理方案，全机采用完整的校验、校正、复算系统，并在大型机中较早使用射极耦合逻辑电路，成功地完成计算机设计。

那个时候，单位搬到位于西南地区的大山之中，工作生活条件非常艰苦，金怡濂为了查询资料，经常到北京、上海等地出差，他要在崎岖山路乘坐大卡车颠簸半天，然后挤上硬座车厢度过一两个昼夜的旅途。苦是苦一点，但是因为工程走上了正规，他的创新活力得到了激发，不少思路和想法都是在旅程中萌发的。他提出并指导团队把多项并行技术应用于计算机中，实现了单机并行的转化。这一突破，对以后我国巨型计算机的研制，产生了极其深刻的影响。

一九七六年，九〇五乙机的研制任务终于圆满完成，运算速度达到每秒三百五十万次，比设计快了二百万次，项目荣获全国科学大会奖，金怡濂本人也荣获全国科学大会个人奖。

自此以后，他真正成为我国大型计算机研制战线上的领军人物。

尽管九〇五乙机的研制为金怡濂带来荣誉，但是他的心情并不轻松，因为"文革"十年，使中国计算机事业与西方发达国家的差距拉得更大了，如果不奋起直追，那么中国人将会永远落后于人。好在粉碎"四人帮"后，中国很快迎来了科学技术的春天，邓小平明确指出："中国要搞四个现代化，不能没有巨型机。"这让金怡濂和他的同行们欢欣鼓舞。

很长一段时间里，高性能计算机技术被美、日等发达国家所控制，对外实行禁运。二十世纪八十年代，国家费尽周折，斥巨资从国外进口了一台较为先进的大型计算机，没有想到，在进口机器的同时，还必须花钱"聘请"两个"洋监工"，双方签订的协议上明确规定，中国人不得接触机舱内的核心部件，开机、关机必须由外方"监工"负责操作，他们还在大机房中隔出一间控制室，并规定这间控制室"中方人员不得入内"。

这件事深深地刺痛了金怡濂，一种强烈的被羞辱的感觉令他刻骨铭心，一辈子都难以释怀！再一次说明核心技术是花钱买不来的，只有奋发图强，自力更生，打破西方发达国家在这一领域的封锁，研制出先进的巨型机，中国才能不受制于人。因此，提高我国自主创新能力势在必行！

这以后，便走上了快车道。

二十世纪八十年代初，金怡濂参与主持研制的九〇五工程亿次机，实现了标量运算速度每秒一亿次的目标，取得我国计算机研制的新突破，他们站在了世界巨型机发展高速路的入口处。

一九九一年底，我国第一台十亿次巨型计算机宣布成功，金怡濂提出的"大规模并行"总体思路和方案构想，为这台机器早日成功奠定了坚实的基础。以这台十亿次大规模并行计算机研制成功为标志，中国在这一技术领域，进入了与国际同步发展的崭新时代。

一九九二年，六十三岁的金怡濂，受命出任新成立的国家并行计算机工程技术研究中心主任。此时，随着微处理机芯片的迅速发展，各国巨型计算机研制屡放新招，纪录不断刷新。

在世界强手如林、技术创新日新月异的时代，中国需要一名"主帅"勇立潮头，率领团队向世界先进水平冲击，研制百亿次的巨型机——"神威"。

这副重担自然非金怡濂莫属。

在"神威"研制方案论证会上，主持会议的领导同志提出，是否可以跨越每秒百亿次的高度，直接研制每秒千亿次巨型机。这个指标太超乎想象了，谁都知道，跨出这一步，技术上太难，风险太大，会场一时陷入久久的沉默。之后，便是激烈的争论，大家意见不一，多数专家认为，百亿次是稳妥可行的选择，咬咬牙，顶多做五百亿次的，这已经是"需要尽力踮起脚尖才可能够得着的目标"，一千亿次，说说可以，真要做，那可真是"巧妇难为无米之炊"……

轮到金怡濂发言了，很多人以为他会以稳为主，并没有料到，他坚决支持领导提出的这个方案，并且语出惊人："无论从现实还是长远出发，都应当下这个决心，实现这个跨越。否则，我们就会被世界越甩越远……"

在这个会上，他是绝对的少数派。当然，他也不是一拍脑袋就表态的，他无数次地思考过，认为越过百亿次，直接上到千亿次，势必面临许多难以想象的困难和风险，要付出超乎寻常的代价，但是一旦跨越，中国的巨型机就会在世界占有重要的一席之地！这个险，值得冒！

后来又经过几个回合的研究讨论，各方最终达成共识，从而确定了研制千亿次计算机系统的总体目标。年过花甲的金怡濂被任命为"神威"机的总设计师。

如此一来，金怡濂等于是立了个军令状。他的压力是空前的。

化学气味刺鼻的车间里，充斥着震耳欲聋的噪声，金怡濂一手拿放大镜，一手握着手电筒，专心致志地检查成千上万个焊点，不放过任何一个细节。"他不像一个大院士，更像一个老工人"，这是大家对金怡濂的评价。

"神威"机的研制过程，是金怡濂追求完美和卓越的过程。他呕心沥血，大胆创新，提出了比从前任何一个项目都更为严苛的质量要求。他说："我们的目标是，哪怕一个焊点、一枚螺丝钉，也要体现世界先进水平。"

他甚至不惜在研制过程中三次调整方案，不断提高"神威"关键技术指标，第三次调整时，已到了预定出机的最后阶段。这让他的助手们愈加佩服他的胆识和气魄。

那几年，他为此操了多少心，受了多少累，团队的人都看在眼里。他老伴陈敬说，他每次回到家，都要到沙发上躺半个多小时，才有力气跟她说话。

艰难困苦，玉汝于成。一九九六年九月，经过二十四个课题组、近百名科研人员夜以继日、历经数年的艰辛努力，"神威"终于研制成功！它以每秒三千多亿次的速度，跻身世界高性能计算机前列。这是一次历史性的跨越，大国重器彰显国之神威！

跟随金怡濂工作二十多年的高工老赵清楚地记得，在"神威"稳定性测试的那天，金怡濂坐在机房不说不笑，一声不吭，直到预定测试时间已过，机器一切指标正常，他才突然跳了起来，像个孩子一样高声欢呼。老赵说，这么多年了，从没见过"金头"如此喜笑颜开。

"神威"鉴定委员会主任胡启恒院士在宣读完鉴定书后，激动地说："同志们，大家都知道毛主席有句著名的诗句'一万年太久，只争朝夕'，但是你们计算过一万年有多少秒吗？是三千一百亿秒！也就是说，一万年有多少秒，我们的'神威'在一秒之内就能做多少次浮点运算，这是多么了不起的一件事啊！几代中国人的梦想，通过你们的努力，到今天终于实现了！"

通往成功道路上的所有的坎坷，都是最美丽的风景。

经过两年多的改进和试运行，"神威"的整体性能有了进一步的提高，主要技术指示提高到每秒三千八百四十亿次。它很快在各个领域发挥了重要作用。

这一天，在"神威"壮观的机房里，金怡濂迎来了一位尊贵的"客人"——前来视察的国务院总理朱镕基。这两位老同学自打清华毕业，挥手作别之后，将近半个世纪，他们未曾谋过面，但是许多年里，他们都默默地关注着对方的成长进步，彼此为老同学的成就，感到由衷的欣慰。

二人相见，紧紧地握手，互致问候。简短的叙旧之后，朱总理自豪地对身边的人说："金院士是我们班贡献最大的同学。"

金怡濂接着他的话说："你是总理，怎么也比不上你对国家的贡献大。"

朱总理笑道："我这个做'大官'的，就是为你们这些做大事的人服务的。"

引起一片欢笑声。

时光继续流逝……

"神威"成功之后，国家紧接着批准新一代高性能计算机系统的立项上马，命名为"神威Ⅱ"。

这时候，金怡濂已年近七旬，上级却并没有"换帅"的想法，虽然他几番推辞，但上级领导最终仍然决定让他执掌帅旗。"神威"团队的年轻人高兴坏了，因为是金院士牵着他们的手，把他们带到一个个前所未有的新高度，"老爷子"是他们科研之路上真正的引路人。

据说搞计算机的人，六十岁以后就基本失去创造力，但金怡濂是个例外，他所具备的敏锐性和洞察力，以及创新的勇气，比他手下的年轻人还要超前。"神威Ⅱ"由他挂帅，人们的底气更足了。

"神威Ⅱ"相比"神威"，无疑要起点更高，因为此时日本和美国都拿出了万亿次的计算机，可以说世界高性能计算机已经达到万亿次的上限，中国巨型机面临着巨大挑战，不进则退，稍不留神，就会被人甩下一大截。不管下一步冲击的目标是多少，金怡濂合计，有一条是肯定的，那就是不能走"神威"的老路，必须创新，必须突破，这才是"神威Ⅱ"的出路所在。

经过艰难的思索，他提出一个总体创新构想——采用两层平面网和若干高架筒状网构成立体化的超三维格栅网络。这样构成的网络，传速功能比"神威"提高了一百倍。为了降低CPU的内部结温，他大胆提出并突破了"液冷"的技术难题。

依然是困难重重，面前横着一个个几乎不可逾越的障碍。不是没有人向他提过：能否降低一点标准？比如，集成度低一点点，软、硬件功能去掉一些，退一步海阔天空嘛。

谁都知道，设计标准上稍稍退半步，许多问题就会迎刃而解。

但是他不会接受。他说，既然让我当总师，我就想造一台没有缺憾的"神威Ⅱ"，因此必须守住当初设定的技术底线，一步也不能退！

就这样，几年时间里，他和他的团队不知突破了多少难关，每一次突破，都是一次创新。他们采用新的构想、超常的思维，不断冲击各种物理极限，终于在新世纪来临之际，完美收官。

"神威Ⅱ"是继"神威"之后，我国又一台主要技术指标达到国际领先水平的超级计算机，运行速度达到惊人的每秒13.1万亿次，系统效率达75%以上，超过当时世界上排名第

73

一的高性能计算机58.8%的效率指标，机器体积大为缩小，功耗也较低，是比较全面的国际领先水平。

也就是从那时起，世界超级计算机领域的"金字塔尖"上，开始不断有中国面孔出现，以前由美、日等发达国家轮流坐庄的局面被彻底打破。以两代"神威"为标志，我国巨型计算机事业开启了以世界速度奔跑的新纪元。

时光仍然在流逝……

获得国家最高科学技术奖之后的金怡濂，没有停下前行的脚步。他退居二线后，又担任了最新一代巨型机"神威·蓝光"的技术顾问。

现在国家每年都花费巨资购买外国芯片，还经常被人卡脖子。其实早在中央领导视察"神威Ⅱ"时，就明确指示，要在今后的"神威"机中采用国产CPU芯片。但对这件事，并不是一片叫好，有人认为从国外购进性能先进的CPU，省时省力省钱，没有必要自己大费周章地研制它。

金怡濂态度一如既往：花钱可以买来先进的芯片，但买不到最核心的技术，他十分坚定地支持自主研制CPU。他说，如果一味走捷径从国外买，那么中国的巨型计算机将始终没有"中国芯"，终有一天，会被人卡住脖子。

令他欣慰的是，团队的年轻人奋力拼搏，仅用十年时间，使国产芯片研制完成了重大跨越，大大缩小了与国外的差距。

二〇一一年十月，"神威·蓝光"揭开了神秘的面纱，各大媒体报道说，它是国内首台全部采用国产 CPU 的千万亿次计算机系统，标志着我国成为继美国、日本之后能够采用自主 CPU 构建千万亿次计算机的国家，实现了核心技术"自主可控"的目标，是国家"自主创新"科技发展战略的一项重要成果。

"神威"旗下的这支能打硬仗的队伍，可以说是金怡濂一手拉扯大的。虽然后来因年龄原因他不再担任总设计师，但他作为技术顾问，依然是项目技术上的指导者、支撑者，还是大伙儿精神上的支持者，同时起着督促的作用。有他在，大伙儿就感觉有主心骨。

多年来，金怡濂十分重视对年轻人的培养，他经常说，计算机是年轻的事业，也是年轻人的事业。他率队研制巨型机的过程，就是他呕心沥血造就人才的过程。早在二十年前刚研制"神威"时，他就确定了一支以年轻为特色的"金字塔"结构队伍，处于中间环节的五十名课题主管和副主管设计师，平均年龄只有二十八岁，在一线做开发工作的，全都是二十出头的年轻人。搞"神威Ⅱ"时，有一个副总师，年龄只有三十一岁。当时有人认为这支队伍太年轻，后来才感到，金总师是富有远见的，江山代有才人出，从那时起，金怡濂逐步培养了一批批能担重任的年轻人，促成后来人才不断涌现的大好局面。

二〇一六年六月二十日，在德国法兰克福世界超算大会上，"全球超级计算机五百强"（TOP500）组织发布了第四十七届世界超级计算机排名，中国的"神威·太湖之光"登顶榜首，其峰值性能每秒 12.54 亿亿次，成为世界上首台运算速度超过十亿亿次的超级计算机。整机四万多个"中国芯"同时工作，让"神威·太湖之光"登上世界计算巅峰，震惊天下，确立了中国在超算领域的国际地位。

这是属于全体中国人的荣誉。消息传来，金怡濂感慨万千，当年在这个领域我们一无所有，一片空白，经过六十年的追赶，中国人终于完成了真正意义上的超越！他想起当年父亲说过的话，中国人是非常聪明智慧的，只要下决心做事，是一定能做成的……他的眼睛湿润了。

二○一七年十一月，新一期的全球超级计算机五百强发布，"神威·太湖之光"连续第四次获得冠军。它所取得的历史性突破，习近平总书记等党和国家领导人给予了充分肯定，赞扬其在我国高性能计算机历史上具有重要里程碑意义，赞扬大家探索了一条自主创新发展高性能计算机的道路。

金怡濂院士六十多年来为我国计算机事业做出的卓越贡献，也得到了习近平的赞扬和肯定。

浩瀚太空，群星闪耀。遥远的天际，有一颗小行星，它的名字叫金怡濂——那是二○一○年五月，经国际天文学家联合小天体命名委员会批准、以金怡濂的名字命名的，以表彰他在科学技术领域的重大贡献。

二○一三年一月二十六日，中国计算机学会（CCF）将二○一二"CCF 终身成就奖"授予金怡濂，以表彰他为我国计算机事业的创建、开拓和发展做出的卓越贡献。

而在金怡濂看来，这个"终身成就奖"只是一个阶段性的总结，内涵是"以资鼓励，继续努力"。

虽然他已经九十岁，但他的身板依然硬朗，他深邃的目光依然一如既往地关注下一代巨型机的研制，关注年青一代的成长。他提醒后来者，创新之路，永无止境，科研工作者只有把自己的命运和祖国的命运紧紧联系起来，才能有永不枯竭的创造力……

西昌的高度

西昌，位于四川省西南部安宁河谷地区，是四川省凉山彝族自治州的州府所在地。它属于热带高原季风气候区，素有小"春城"之称，冬暖夏凉、四季如春，是"一座春天栖息的城市"。西昌虽是一个县级市，但是它的名气却非常大。它不仅是有名的太阳城、月亮城，更是赫赫有名的航天城。

西昌卫星发射中心作为中国三大卫星中心之一，于一九七〇年始建，一九八二年交付使用。一九八四年四月，我国第一颗试验通信卫星发射成功，这是中国航天人首次征服三万六千公里的高轨道，默默无闻的西昌，一声巨响，从此闻名于天下。一九八六年二月，第一颗通信广播卫星——"东方红二号"在西昌发射成功，结束了我国租用外国卫星看电视的历史。我曾经看过一部电视片，里面有几个镜头——"东方红二号"正式启用后，时任国防科委主任的张爱萍将军同远在乌鲁木齐的新疆维吾尔自治区第一书记王恩茂通话，张爱萍出人意料地把讲话稿丢到一边，对几千里外的王恩茂喊道："老王！

哈密瓜熟了没有？"那边，王恩茂也把讲话稿放下，大声说："我这就派人给你送去！"这一情景令我久久难以忘怀。

那时我绝对想不到自己也会成为一个航天人，而且是西昌航天人——大学毕业后，我选择来到小城西昌，加入航天发射队伍。不知不觉间，西昌在我心中，已是我的第二故乡。

四十年来，西昌航天人用忠诚和汗水，谱写了一曲曲动人心魄的太空乐章，上百颗卫星（航天器）从这里飞向天际，圆满完成了一次又一次北斗组网，以及"嫦娥探月"工程。如今的西昌卫星发射中心，是中国发射次数最多、设备技术最先进、使用低温推进剂发射多型号多射向航天器的世界著名发射场。

西昌全境海拔一千五百米以上，而从西昌卫星中心腾空而起的火箭卫星，还有那些探测器，它们所到达的高度，往往是令人咂舌的。所以，某种程度上说，西昌的高度，就是中国高度。

我来西昌时间虽然不算长，但耳闻目睹，亲身体会，见证了中国航天近一阶段的辉煌与荣耀。溯源回望，已走进历史的老一辈航天人，其精神依然在闪烁；注目当下，新时代航天人的精神风貌，多姿多彩。太空探索永无止境，创新决定未来，正是一茬又一茬的西昌航天人，乃至所有的中国航天人，接力托起了中国高度。

有这样几个人，他们的形象，经常在我的脑际闪现……

车 著 明

　　我来到西昌的单位报到之后，一时间听到人们谈论最多的，是车著明。人们都叫他"车高工"。这个称谓很容易让我联想到"车工"——就是在工业车床上埋头苦干的那类一线工人。的确，车著明就是那样一个车工的形象，一丝不苟，心细如丝，勤勤恳恳，任劳任怨，像一副剪影，又像一尊雕塑。

　　他个头不高，神色淡定，面相憨厚，目光专注，走起路来，速率很快，仿佛争分夺秒去干一件事情。除去他身上的光环，在我眼里，他更像一个和善的邻家大叔。

　　西昌的雨季比较长，这对于喜欢室外锻炼的人来说，是一种煎熬。车著明年轻时身体就不算强壮，加上后来拼命工作，身体长期处于亚健康状态，为了有个健康的体魄，以便更好工作，他每天坚持跑五公里。即使夜里加班到很晚，他也要按时起来跑步，有时加班到凌晨，他干脆先跑步，然后再回家睡觉。这项运动，二十多年他从未间断。逢到下雨的早晨，他竟然打着伞跑——打伞跑步，不是他的发明，但早已成为他的一个标志性形象。有好几次，我伏在宿舍的窗台上，看到雨中打伞奔跑的车高工，伞上水珠飞溅，脚下水花扑起——不由强烈地感受到这个人的执着和毅力。在我眼里，他就是坚忍不拔的化身。

　　车著明，是一个有着传奇色彩的人物。

他是湖南邵阳人，小时候家里人口多，生活困难，初中毕业后，学习成绩很好的他，为了能早日参加工作挣钱养家，放弃读高中，直接报考了中专学校。毕业后，分配到邵阳县氮肥厂，他边工作边自学工程技术，想办法改进生产工艺，提高了化肥产量，二十三岁即被破格提拔为技术科长，接着又被推选为邵阳县政协常委。

他是个爱琢磨的人，平生最大的理想是当一名科技工作者，在科研领域大显身手，为此他报名参加全国高等教育自学考试，每天凌晨三点钟准时起床学习，整整六年，雷打不动。凭着这股拼劲，他通过了自学考试，接连获得专科、本科文凭。一九九〇年，他以自考生的身份，一跃成为当年国防科大应用数学概率论专业录取的唯一一名研究生，在小县城引起轰动。

三年后，硕士毕业的他，毅然放弃在大城市工作的机会，怀着对浩瀚太空的憧憬，来到位于大西南深山峡谷的西昌卫星发射中心，成为一名航天人，一头扎进他所钟爱的"数字王国"，潜心于航天发射数据处理，一次次为火箭腾飞保驾护航。

那时节，由于单位没有独立的遥测数据事后处理系统，每次卫星发射成功后，都要将数据送到外单位进行处理，往往需要一个多月才能拿到结果，极大地影响工作效率。中心领导将开发火箭遥测数据快速处理系统的重任，交给了已在科研工作中崭露头角的车著明。他和课题组的同事一起，通过建立数学模型，编制应用程序，成功开发出"火箭遥测信息快速处理系统"。之后，他们不断对该系统进行升级改造，使新一代系统数据处理时间从三天缩短至十分钟之内，实现了从无到有、从慢到快、从粗到精的一次次跨越。

业务上越来越成熟，而他本人，似乎却越变越"傻"。

十年前，人们工资还相当低的时候，家里老人需要他赡养，妻子长期没有工作，孩子在上学，他家的日子过得紧巴巴的，一件衬衣穿十几年都不舍得扔掉。这时，一位在知名的数控机床企业担任一把手的老同学，诚意邀请他来成都加盟，开出的年薪高达四十万，而他当时的年工资仅有四万。老同学还承诺给他妻子安排个好工作，给他配专车，另外还有公司股份等等。

条件确实够诱人的。在妻子的劝说下，他动了心，递交了转业报告。但是没几天，他又反悔了，很不好意思地找领导讨回了转业申请。别人问他为啥，他说，自己反复掂量，觉得还是离不开熟悉的航天事业，一说到走人，立马感到心里空落落的，吃不下，睡不好，所以选择留下。

有人问他，说四十万跟四万相比，反差那么大，你真舍得放弃吗？他笑着说，选择四十万，无非是银行卡上多个"0"，而我更想要那个"1"。那意思分明是，他要的是一份自己钟爱的事业。

在常人眼里，放着大钱不挣，这跟"傻子"有啥区别？

而他的"理论"是：人这一辈子，总是不断面临选择，任何时候都要选择自己真正想要的那个"1"，否则一切都是"0"。

有一年，他随团参加欧洲航天局举办的学术交流活动，中间有半天时间，主办方安排代表团参观一处著名的景点，而他却半截失踪，电话没人接，人也找不着，大伙儿急得团团转，最后在车上找到了呼呼大睡的他——好不容易出趟国，不好好开开眼界，他竟然浪费那么宝贵的时间睡大觉！他揉着眼睛解释说，那几天白天参加各种活动，晚上还要挤时间翻看资料，实在困极了，回到车上补补觉。

据了解，连续有十多年，他没有陪妻儿回老家过一次春节。说好了一块儿回，而往往到最后，却又有各种理由走不开。

他家的婚纱照，也是够"洋相"——因为婚纱照上，只有妻子一个人。那还是前些年，一位朋友得知他们没有拍过婚纱照，专程从影楼要了一张优惠券给了他妻子。可是那段时间，正赶上中心有任务，拍婚纱照的事儿只得一推再推，眼看优惠券就要过期，他终于答应妻子去拍摄。但到影楼一看，照相的人很多，耐着性子等了一会儿，他对妻子说："你先排队，我回去处理点事儿。"说完就走。结果他一回到办公室，就把照相的事抛到了脑后，妻子只好一个人照了张婚纱照。

车著明有句话："干最复杂的事，做最简单的人。"还有一句话，也常挂在他嘴边："我让算一算。"其实他就是这样的人，年复一年，日复一日，在他的数据王国里遨游。他是数据专家，对数据很敏感，能记住一串串烦琐复杂的数学公式，却记不清儿子上学的班级，甚至记不住自己的手机号码……

因为他算的不是自家的小账，而是航天事业的大账。

在他身上，有两点体现得特别明显：一是执着、矢志不渝；二是那种舍我其谁的担当精神。

二〇一〇年一月中旬，我国第二颗"北斗"卫星在西昌发射，"长征三号"丙火箭起飞五十秒后，安全控制显示屏突然报警，在场的十几名安全控制专家顿时一惊！此时，速度曲线显示屏上，连续出现大幅度跳变，不断跃出炸毁线，从数据显示情况看，火箭已岌岌可危！

所有的人心头都不免一阵剧颤，冷汗打湿了后背。按照规定，连续五秒跃出炸毁线，是地面必须实施安控的极限时间。万不得已炸毁火箭，以减少地面损失，在世界航天史上早有先例，美国和日本都曾发生过。

难道真要炸毁价值数亿元的火箭和卫星吗？

在这关键时刻，担任安控辅助专家的车著明快速浏览几组测控数据，镇定地做出判断："火箭没问题，是跟踪测量设备数据不准。"

一句话，给在场的专家吃了定心丸。果然，到了第五十八秒，测控数据渐趋稳定，火箭各项飞行指标变为正常，一场危机在电光石火间化为无形。

车著明在那一刻给予在场专家们的震撼，令他们终生难忘。

事后查明，数据的异常源于某测量设备发射的信号不稳定，很容易造成误判。如果出现漏判误判，导致该炸未炸，或者不该炸误炸，所造成的后果都难以估量！车著明在短短几秒钟内，结合七个显示屏给出的数据，准确做出判断，没有对设备性能的深入了解，没有对各种测控数据成竹在胸的把握，是根本做不到的。

二〇一一年八月中旬，一颗实验卫星在某中心发射失利，这次失利不同寻常，因为按照预定计划，将用同型号的火箭发射"天宫一号"飞行器，并且随后发射"神舟八号"，实施我国载人航天工程的关键之仗——首次空间交会对接任务。失利为随后的重大发射任务蒙上阴影。工业部门及时改进了火箭，但需要在"天宫一号"任务前再进行一次试射，以检验这种改进型火箭的质量。于是，"中星1A"任务紧急交给西昌。

"中星1A"发射之际，中心领导问车著明："总指挥长要求发射完马上拿到结果，行不行？"车著明深知，他和他的团队拿出的火箭飞行评估结果，将直接影响后续任务，责任重大。同事们都为他捏着一把汗。他却毫不犹豫地回答："没问题！"

俗话说，有了金刚钻，敢揽瓷器活。正是凭借深湛的计算功底，他和同事们在火箭发射后五百秒，就给出遥测数据处理结果，证明火箭改进措施有效，为"天宫一号"如期发射提供了有力支持。这一速度，也创造了基地的新纪录。

知道这些经历的人都说："车高工，神了！""神了"的背后，是他几十年痴迷于数据并为之苦苦奋斗的必然结果，是他

88

危急关头敢于站出来担当的底气、勇气和自信。

在当下，勇于担当的精神尤其可贵。

他还是个特别爱较真的人，喜欢"鸡蛋里挑骨头"，为了工作，没少得罪人。有一次发射任务，事后的处理结果与协作单位提供的数据出现了一厘米偏差。车著明和外单位的专家各执一词、互不退让。有人劝他说："任务已经成功，有些问题能放就放吧。"

他却坚持说，这个问题事关火箭安危，差一丁点儿都不行。要知道航天发射差之毫厘，失之千里，轨道数据上一个小数点后的差别，在落区可能会偏离数十公里远。绝不能因时间紧而放过隐患，更不能因概率小而轻易让步。

较真的结果是，他和同事们经过计算，证明是外单位程序中一个参数出了问题。那位专家彻底服了，激动地对车著明说："感谢你的一厘米，帮我们纠正了错误。"

车著明如同一辆永不减速的大车，奔驰在数据王国的神秘世界里，那些枯燥的数据、烦琐复杂的数学公式，在他眼里，都是有生命的，浩如烟海的一组组航天数据，是他生命的另一种表现形式，他陶醉其中，乐在其中。我和车高工虽然不在一个楼里办公，但是经常会遇到他，每当走近他，我似乎都能感觉到，那一个个数据，就像一个个音符，在他的脑海里流淌，弹奏出生命的华彩乐章。

他用数据描绘人生，一次次刷新人生的高度，和同事们一起铸就起航天事业的辉煌。

周 湘 虎

周湘虎是湖南湘潭人，一九七八年出生，二〇〇一年来到西昌，成为航天队伍的一员。

他的命运与西昌有关，更与文昌有关。

二〇〇七年八月，经国务院、中央军委批准，海南文昌航天发射场工程正式立项，工程代号为"078"，隶属于西昌卫星发射中心。就这样，西昌与文昌，仿佛命中注定似的，不期然地联系在了一起。

那时节，"建设世界一流的现代化航天发射场"这句响当当的话，让年轻的周湘虎热血沸腾，他对自己说，要干就干大事。他多次找领导，强烈要求到文昌去创业。

不久之后，文昌发射场正式投入建设，周湘虎作为中心首批五人小组成员，最先进驻海南，成为"078"工程建设指挥部的一名助理工程师。如今人们一提起海南，就会想起那里美丽多彩的风景，蓝天白云，清风扑面，大片椰林，水果飘香，大自然的美景，令人陶醉。可是人们并不知道，文昌发射场是在海边的一大片荒滩野地上建起来的。

到了文昌以后，遇到的第一个棘手问题就是一万六千多亩的发射场规划用地，大部分被原生的椰林、灌木丛覆盖，沼泽、滩涂遍布，而且蛇虫蚂蟥出没，危险时时处处都在。周湘虎他们只能徒步穿行，实地勘测，手拿柴刀，在荆棘丛中蹚路打桩，一步步勘查场区的地形地貌。

一年多的时间里，周湘虎和队友们踏遍了场区的角角落落，完成了数以千计的坐标点定位，为发射场开工建设奠定了基础。长期的野外工作，每天都要面对高温、高湿、高盐雾的考验，烈日暴晒之下，裸露的皮肤一层层脱皮，急雨说来就来，在工地上衣服湿了干，干了又湿，荆棘时常划破脸。晚上住的板房，如同蒸笼，蚂蚁满床爬，毒蚊子咬得满身是红包，痒得钻心，经常整夜睡不好觉。蜈蚣有铅笔那么长，看一眼就让人起鸡皮疙瘩。澡堂里钻进过眼镜蛇，吓得人不敢进去……

最苦的时候，每天都是考验，让人无法轻松。一天，周湘虎不小心踏进沼泽，他心里咯噔一下，朝不远处的队友急喊道："危险！别过来！"他的身子开始下沉，感觉脚下踩上了棉花包，软绵绵的，有劲使不上，越陷越深，不一会儿没过腰际……生死关头，队友们用尽办法，好不容易才把他"捞"上来。

前期他们所遭受的苦，没有亲身经历，是想象不出来的。

二〇一一年年中，工程建设最紧张的时候，一百五十多个项目接连开工，五千多名建设者齐聚文昌，打响了抢工期、抢进度、保质量的攻坚战。作为工程指挥部现场管理代表，周湘虎负责两座发射塔架的工程施工监理，这两个项目是技术最复杂、质量要求最高的工程，项目经费几亿元。九月初，导流槽进行混凝土浇筑，一次的浇筑量达三千多立方米，由于浇筑中间不能停工，周湘虎连续三十多个小时铆在施工现场，一步也不离开，就像一颗揳在工地上的钉子。

白天，烈日炙烤，钢筋表面温度超过60℃，汗水、蒸汽夹杂着水泥灰，让人睁不开眼；入夜，施工现场的电弧光、高强度射灯连续照射，眼睛灼疼，直流眼泪。浇筑进行到第三天的时候，周湘虎突然感到脑袋一阵剧痛，眼前发黑，一片模糊。本来他的视力就不好，高度近视，这么一折腾，实在难以坚持下去，人们赶紧把他送回宿舍休息。到了夜里，他竟然什么东西都看不清了，眼前只有微弱的光感，感觉像待在地狱中一般。

那一夜，躺在床上的他，很痛苦。他不敢关灯，一遍遍问自己："我不会瞎了吧？"

周湘虎这个硬汉，平生第一次感到恐惧不安。

天亮了，单位派人派车带他到海口的医院检查，医生初步诊断是视网膜脱落，比较严重，当地医院没有把握治疗，建议他到北京的同仁医院就诊。

辗转到了北京，同仁医院的专家明确告诉他，因视网膜脱落太久，左眼保不住了，右眼也需要马上手术，效果如何，不敢保证。他的心顿时像沉入冰窟，残酷的现实令他难以接受，他感到迷茫和痛苦——自己才三十三岁呀，人生的路还很长，真成了瞎子，以后可怎么办？

手术之后，医生同意他回湖南家中休养。他的情绪一直很低沉，但是一旦面对年幼的女儿，他尽可能表现得轻松一些。在家的日子，赶上他生日，吃蛋糕时，他让女儿和他一起吹蜡烛。没想到，女儿懂事地说："爸爸怕黑，我不吹。"他紧紧搂着女儿的小身子，泪水禁不住地流了下来。从那以后，家中不管谁过生日，都是点着蜡烛吃蛋糕。

妻子陪他回到北京复查眼睛，结论是：左眼完全失明，右眼裸眼视力仅有 0.04，即使戴上一千二百度的眼镜，也仅有 0.25。虽然不是瞎子，跟瞎子区别还能有多大？他心里说不出的难受……

患尿毒症的父亲给他打来电话，说："虎子啊，你得挺住，这个家还得靠你撑下去啊！"

他惊醒了！是啊，不能这样消沉下去，否则对不起家人的期待呀。那些天，领导和同事们也纷纷从西昌、文昌给他发短信、打电话，慰问、鼓励他，妻子一字一句地把那些短信念给他听，他的情绪渐渐地调整过来，胸中又有了信心和勇气……

离开北京之前，他让妻子专门陪他去了一趟天安门广场，他要看一次升旗仪式——说是看，莫不如说是"听"。站在天安门广场上，他已经拿定主意，继续回文昌去。眼睛看不大清，还有耳朵。下半生，他绝不愿意当一个闲人，不管未来的路有多难，他一定要坚定地走下去。而在此之前，领导希望他不再回文昌，毕竟那里还是个大工地，条件不好，安排他回中心本部好好养病，西昌虽然是个小城，但是个宜居之地，各方面条件都要比文昌好许多。

术后两个月，他真的回到了文昌。

上级领导打算安排他承担一点力所能及的室内工作。他想了想，感觉还是愿意回到施工现场，他负责的项目还在紧锣密鼓地进行，前期他熟悉这里，此刻既然回来了，他不想缺席，因此拒绝调整岗位。人们拦不住他，只能同意。他看上去很温和的一个人，其实特别执拗倔强。

刚回到施工现场那阵儿，他走路不是那么利索，偶尔会摔一跤，近在手边的水杯也会因为看不见而碰倒；阳光一照，海风一吹，饭菜的热气一熏，总是流泪。他的基本生活明显受到影响。他尽全力适应一只眼睛的生活，慢慢就习惯了。

作为工程监理，最重要的任务就是每天看图纸、记数据、查纰漏、保质量。视力降了，标准不能降，密密麻麻的数据，一个都不能错。为了看图，他随身揣着一个放大镜，几乎要贴在图纸上才能看清那些线条和数据。看上几分钟，眼睛难受，就得停一停，歇一歇。他咬牙坚持着，度过了最初的不适应。眼睛不行，多靠脑子记，时间一久，两个发射工位摞起来一米多高的施工图纸，被他牢牢记在了脑子里。

他一直坚持到两个工位验收。据计算，经周湘虎检测的钢筋达一万五千吨、混凝土九万多方、钢柱焊缝九千多米，没有出现任何纰漏；由他审核变更的工程项目经费累计达一千多万元，无一错算冒算。

二〇一四年六月，周湘虎负责的两个发射工位如期通过竣工验收，被评为"全军优质工程"。

当年七月，超强台风"威马逊"从发射场附近登陆。据预报，台风到来时，气象预警瞬间风力将达十七级。刚刚竣工的发射塔架面临着"大考"。虽然固定勤务塔活动部分已经锁死，并进行了额外加固，但周湘虎的心还是放不下来，他不顾别人的阻拦，台风到来之前，执意要爬上去检查。

两个塔架，一千一百多级台阶，周湘虎带着施工单位的技术人员，一处处检查关键部位，一个个确认重要设备的安全。晚上，台风狂啸，天昏地暗，周湘虎的心就像大海上漂泊的小船一样，剧烈地跳动，他特别担心塔架出问题，因为一出问题就是大问题！

第二天黎明，风停了，遍地是歪倒甚至是连根拔起的树木，挡住了道路。周湘虎忐忑不安地走到室外，当他看到发射塔架安然无恙的时候，他悬了一夜的心，终于放下来。

二〇一六年六月二十五日晚二十时，"长征七号"运载火箭在文昌航天发射场发射升空，这座亚洲最大的发射场，终于揭开神秘的面纱，在世人面前惊艳亮相。

周湘虎站在欢呼的人群当中，他看不清火箭冲天而起的雄姿，火箭尾焰在他眼里，也只是一团模糊的火光。火箭越爬越高，人们纵情欢呼，仰天歌唱。而此时的周湘虎，背过身子，悄悄抹去眼角的泪珠……

江 晓 华

二〇一五年二月，我完成了岗前培训，回到西昌，正式到中心技术部气象室报到。初来乍到，工作的环境、身边的同

95

事，这里的一切对我来说，都是陌生的，我只知道气象室是一个光荣的集体，曾经两次荣立过集体二等功。

我与室里的领导、同事一一见了面，唯独不见江晓华高工——我早就知道，他是我们室数一数二的大专家，已经在气象保障岗位上工作了将近三十年，他凭借丰富的经验、严谨的作风和精深的学识，一次又一次为火箭发射保驾护航。室里的很多预报员都是他带出来的，大家都亲切地称他"师傅"。

一打听，原来江高工去外地出差了。

几天后，江高工回来了，听说来了新同事，他高兴地把我叫到他办公室。我有点儿拘谨，他很健谈，知识渊博，几句话一说，我就放松下来。他个子高高的，很精神，和我父亲年龄相仿，头发已有些许花白，高高的鼻梁上架一副白边眼镜，一看就是个大知识分子。

以后的日子，几乎每天都能见到江高工，我们一起加班，一起开会，很快就摸清了他的光荣事迹。当然，也从他身上学到了许多书本上难以学到的知识。

气象条件是制约航天发射的关键因素。带兵打仗讲究个"谋事在人，成事在天"，气象人员的工作常常要跟天气较劲儿，典型的"看天吃饭"，既不能蛮干硬来，也不能放过难得的发射时机。因此可以毫不夸张地说，西昌卫星发射中心的气象人员，看天的本领相对于其他地方，是"最受煎熬"的，也是成绩斐然的。

一九八七年，江晓华从空军气象学院毕业，来到西昌，从一个懵懵懂懂的愣头小伙儿，成长为中心最具权威的气象专家。三十多年间，他参加了上百次的发射任务，经历过许多次惊心动魄的难忘瞬间。

最让他难忘的，也许是二〇一一年七月下旬，第九颗"北斗"导航卫星的发射。

指挥部批准的预定发射窗口，是在凌晨五时三十四分，窗口也只有不到半个小时后延。这个"窗口"实在是太狭窄了一点，但是没办法，那个季节几乎天天有雷雨。

可是在射前三小时，突然遭遇强雷雨天气。发射场上空，雷声风声雨声，声声愁人，阵阵揪心。

常规发射保障标准是"八公里之间无雷暴"，国际上也基本都是这个标准。时间一分一秒过去，随着"窗口"的临近，现场所有人都是焦急得不行。到底能不能如期发射，气象会商分歧很大。如果发射，风险很大；而中断发射，也会造成难以估量的损失。

当时所有的压力、所有的目光，都聚焦在了江晓华带领的气象保障团队。

经过各种因素的判断、叠加、计算，他们想办法把余量挤出来了，最后变成了"射前四公里，顶高十公里范围内无雷暴"，就可以发射。

凭借过硬的专业知识、丰富的经验，以及精确的计算，江晓华向指挥部提出了一个大胆而又精准的预测结论："发射前有十分钟雷暴间隙期，满足发射最低气象条件，可以按时发射!"

这个建议让指挥部的大领导们大犯嘀咕:这十分钟间隙期,见缝插针,间不容发,稍有差池,都是一个大灾难!

正是凭着对江晓华的信任,最后时刻,指挥部果断采纳了这个提议。第九颗"北斗",就在那十分钟的雷雨间隙中,实施了发射。火箭穿云一分钟后,上空就传来雷暴声,真可谓惊险万端。发射成功的消息传来,气象部门的不少人抱头痛哭。江晓华回忆,重担压顶的他因持续站立三个多小时,神经都已经麻木,他回到自己房间,倒下就睡着了。

据说,这是世界航天史上,唯一一次在雷雨间隙中发射的纪录。这个纪录是西昌航天人中的气象人所创造的,头功当属于江晓华。

成功的喜悦并不能掩盖曾经有过的失败——西昌卫星发射中心的气象人不会忘记,一九九七年的六月上旬,同样是在发射场坪上的二号发射塔架,同样是发射一颗卫星,由于当时对发射窗口天气状况预报失败,直到最后时刻,发射场也无法满足最低发射气象条件,导致发射任务终止,火箭低温燃料被迫冒险泄回,任务在推迟五天后才又重新组织发射。

二十多年后,江晓华仍然对那个雷雨交加的夜晚记忆犹新。那时,他是一名年轻的预报员,目睹了团队预报失误导致的严重后果。当时受各种条件所限,预报员只能靠几张天气图来预报天气。

江晓华回忆说:"天气图上一厘米就代表一百公里,当时还没有可靠及时的云图资料，而发射场区就方圆十公里，想要准确预报出局地生成的强对流天气，太难了！"

他又说："如果我们当时已经有自己的气象卫星的话，像那次预报失误是可以避免的。"

我国的"风云"卫星，都是在西昌发射的，在江晓华眼里，"风云"对中心有着特殊的意义，我们既是"风云"卫星的发射保障者，也是"风云"卫星"福利"的受益者。近年来，随着我国气象卫星事业的发展，天气预报的准确率从二十世纪的50%提高到现在的90%，因为有科学的保障，西昌气象人的底气，更足了。

二〇一八年六月初，"风云二号"H星进驻西昌发射场，在那之前，江晓华的前胸后背出现了带状疱疹，疼痛难忍，很长时间都难以痊愈，经常夜不能寐，把他折腾得够呛。大家都劝他好好休息，不要过于劳累，因为这个病就怕劳累。可他却坚持一定要到一线保障。他说，这是"风云二号"系列气象卫星的最后一次发射，以前发"风云"卫星，我都在场，这最后一次，不能缺席。

为了做好这次任务的气象保障工作，他提前一个月组织预报员们分析历史天气，进行气象数据统计整理，深入研究六月初发射场的局地强对流天气的发展规律。六月五日晚，月朗星稀，随着一阵震颤大地的轰鸣，"长征三号"甲运载火箭托举着"风云二号"H星直刺苍穹，成功进入预定轨道。

江高工给我们年轻人上课时，曾经多次谈到他所理解的航天精神。他说，航天精神对我们气象人员来说，就是甘于平凡，不能心浮气躁。气象工作不能有功利思想。干气象一定要沉下心来，静静地研究我们的每一个复杂的问题，不断地总结经验。

他说得很实在，一点儿都不玄虚。

江晓华——洞察风云三十年，从"嫦娥探月"到"北斗"升空，他一路走来，不知疲倦，呕心沥血，不懈追求，作为一个发射场上的气象人，他做到了最好。

高塔夫妻哨

人们常常说，航天是"万人一杆枪"的事业。每一次发射成功的背后，既有航天科学家们的重要贡献，更有无数普通人的辛勤付出，而且那些普通的航天人，又都是那么的默默无闻。

让我们把目光转向西昌的郊外。

西昌的郊外，有一座山，名为袁家山。这地方不是旅游点，风景也谈不上美，仅仅是一座山，山上有一些树而已，平时极少有人到山上来，因此显得挺荒凉，是个被人遗忘的角落。

袁家山上最醒目的，是一座塔。如果你问问过路的人，那是什么塔？他十有八九会告诉你，那可能是一座水塔吧。

其实那是一座与航天有关的塔——它的真实名称为"标校

塔"，其功能是为航天测控提供信号，对设备进行校准。塔高七十八米，相当于二十六层楼的高度，归中心下属的西昌观测站管理。自从中心建成，这座塔就有了，平时一般派驻两名操作手负责维护设备的正常运转。

把两个操作手放这里，住久了，太孤独；经常更换人员吧，又不利于保证工作水准。二〇〇五年的时候，为了保持守塔人员的稳定，也为了便于管理，观测站领导决定，减少一个操作手名额，只留一个成了家的老同志，在这里特设夫妻哨。

操作手李孟良和他的妻子肖平，成为有史以来驻守这座高塔的第一对夫妻，他算是首任哨长。在塔的二楼，李孟良和妻子用塑料布围成一个十多平方米的家，一张床、一张书桌、两个柜子，一张小方桌当饭桌，还有一台小冰箱和一台小电视机，这就是他全部的家当。

不用说，都知道这儿条件艰苦。夏天还好说，毕竟在山上，有风，不太热，到了冬天寒冷季节，寒风呼啸着钻进塔里，简直跟住冰窖里一样。下雨天，雨水借着山风从顶层的天线口涌入，塔里面就像挂水帘的瀑布一样，看得人眼晕。

有发射任务的时候，七十八米高的塔，三百五十四级狭窄的铁梯台阶，李孟良一天要爬上爬下好几回。平时检查设备状态、擦拭灰尘、打扫卫生等等，也要几上几下。没有一股子冲劲是不行的，想想腿都发麻。

这座标校塔，在常人眼里，绝对是艰苦的代名词。就算是在西昌航天人的眼中，它也绝不是一个好去处。既然是夫妻哨，领导当然希望李孟良两口子长期驻守。每天爬上爬下，李孟良倒没觉得什么，因为只要有活干，他就来情绪，他最怕没任务的时候。因为远离中心机关，当时这地方又没有网络，甚至连电视信号都没有，或者信号不好，看不成电视，他和妻子到了晚上，只能干坐着，大眼瞪小眼——这地方就他们夫妻俩，该说的话早就说完了，因此两人慢慢变得都不爱说话。

塔上的日子，实际上是没滋没味的，难熬。平时李孟良检查、维护设备，妻子就帮忙打扫塔里的卫生。塔的周边，原先是布满紫茎泽兰的荒地，坚硬而贫瘠，二人合力开垦出来不小的一片，种上各种时令蔬菜，还养了几只鸡。吃不了的蔬菜，就给山下的连队捎过去。

在塔上驻守五年之后，二〇一〇年，李孟良和妻子肖平离开了这里。接替他的人名叫张兴安。张兴安不是夫妻俩，而是三口人，他把女儿张丽娜也带到了山上。此前，他已经在测控岗位上工作了十多个年头。

他们的家，依然安在了二楼，当然条件改善了一些，塑料布撤掉了，墙壁也粉刷了一下，添了几样新家具。巧合的是，张兴安一家也在塔上住了五年，女儿从上幼儿园到上小学二年级，一家三口安安静静地度过一天又一天。

张兴安的工作与前任李孟良一样，守塔、检查维护设备——日维护、周维护、月维护、换季维护……日复一日，年复一年；此外还要打扫卫生、种菜养鸡，等等。夫妻二人也有分工，各自干好各自的事情。与李孟良不同的是，他有女儿张丽娜，这里更像一个家。

二楼他们的家里，挂在墙上的女儿的奖状，还有几幅她画的画，成为最好的装饰品。他们的生活很有规律，张兴安和女儿吃罢早饭，他要送女儿上学，每天早晨六点半出门，走半小时山路，赶到山下的路口，七点钟送女儿坐上单位的班车进城。这段山路赶上下雨就泥泞不堪，上上下下很费劲。遇到有任务，就由妻子黄娟梅负责接送女儿。

女儿放学回到家，尤其赶上节假日，这里没有小伙伴和她玩，她很孤独的样子，要么一个人写作业，要么看动画片或者画画儿，半天不说一句话。

标校塔需要二十四小时有人值守，所以漫长的五年时间里，他们一家三口从来没有一块儿外出游玩过，就连春节，也不能一块儿回老家，张兴安必须留下来值班。

在这里工作，没有轰轰烈烈的事迹，只有默默无闻的坚守，那种感觉就像一滴水融入大海，无声无息。上级领导没有忘记这个小点号，二〇一五年六月的一天，从北京来的一支文艺小分队专门来到袁家山，为这个"夫妻哨"的一家三口人表演节目，著名小品演员郭达演唱了秦腔《三滴血》和小品《换大米》中的经典选段，央视女主持人秦方流着眼泪朗诵了诗歌《爱情的故事》……

二〇一五年九月，张兴安一家三口依依不舍地离开袁家山，回故乡去了。孟宴玮成为这个夫妻哨的第三任哨长。他是主动请缨接替张兴安的，上山之前的一个月，他刚刚领证结婚，也就是说，刚过完蜜月，他就携新婚妻子刘青梅上山来了。

后来有记者采访刘青梅，问她当时的感受。她说，当初别人介绍对象时，听说对方是个从事航天工作的，觉得"好酷"。结了婚，来到了西昌，尤其是上了山，住进塔里，才知道，好啊！原来是这样啊！

听那口气，颇有点"怨言"，然而又分明带着"自豪"。

孟宴玮则对记者说："我从张兴安手上接过钥匙的时候，就决心像他们夫妻那样，守好塔，不辜负夫妻哨的美名。"

接替张兴安到塔上工作生活，一开始，他担心妻子会有意见。没想到妻子爽快地说："你去塔上，塔就是咱的家，我愿意跟你去。"每一对新来的夫妻都有一个适应期。孟宴玮说，刚来时，他和妻子常常能体会到科幻小说《三体》中"面壁者"的心境。

真把这里当成家，过一阵也就习惯了。

住在塔上，最怕刮大风。二〇一六年春天的一个晚上，突然刮起七级大风，山上的风更大，风刮得窗户响个不停，感觉连塔都跟着摇晃。这个时候，最怕设备线路出问题。孟宴玮翻来覆去睡不着，打着手电上塔顶检查，看到设备运转正常，他才下塔。上下一个来回，尽管他手脚利索，也得需要半个多小时。那个晚上，由于风实在太大，他心里总是不踏实，先后四次爬上塔顶。

妻子怀孕以后，他怕有意外，不让她上塔，但有时忙不过来，需要她帮忙的时候，她也得咬牙上去。

"我怀孕六个月的时候还爬上去过。"这句话，刘青梅"得意扬扬"讲过好多次，脸上满是自豪的神情。

回老家生下孩子，没过多久，刘青梅就带孩子来到袁家山，一家三口在哨塔团聚。

截至二〇一八年底，已经有李孟良、张兴安、孟宴玮这三对夫妻在袁家山的标校塔上安家，"扎根袁家山，矢志献航天"，他们全都出色地完成了本职工作。而据统计，西昌卫星发射中心类似这样的小点号，有一百五十多个，分散在南方各地。这些点号远离机关，条件艰苦，但是他们的工作同样关系到科研试验任务的成败。祖国航天事业的每一次成功，都与他们密不可分。

二〇一九年初，由于工作需要，孟宴玮携全家离开哨塔，转场到另一个偏僻的小点号继续驻守。如今，标校塔已经实现无人化值守，但是它如同一座精神灯塔矗立在山头上，见证和激励着西昌航天人创造更多的中国奇迹。

酒泉的风

我最早知道酒泉并关注它，是由于看了父亲和陈怀国伯伯联合编剧的电视剧《国家命运》，那是二〇一一年的事，我十九岁，彼时是成都信息工程学院大二的学生，学的气象专业。我是国防生，意味着毕了业要参军入伍，而我学的气象专业，到了部队正可以大有用武之地。

　　二〇一四年夏天，我分配去了西昌卫星发射中心。在西昌训练三个月后，要转到酒泉卫星发射中心进行为期十个月的岗前培训。能够到酒泉去，我打心眼里是很高兴的，因为我从不少文艺作品中已经多次"拜访"过她，粗略了解了她的历史和现在。

　　在酒泉的十个月，除了训练和课堂教育，到各个单位、点哨参观游览是我很乐意做的事情。我借机翻阅了有关酒泉以及卫星中心的不少书籍资料，对她的了解与日俱增。

　　酒泉位于甘肃省西北部，辖区面积非常大，约 19.2 万平方公里，比河北省的面积还要大，几乎快相当于两个江苏省或两个浙江省的面积了。作为一个地级市，面积竟然这么大，简直令人咂舌。更夸张的是酒泉的面积占甘肃省整个面积的百分之四十多，这在全国来说都是非常罕见的。

酒泉市和很多地区接壤，按顺时针方向来看，东边是甘肃张掖市，南边是青海省，西边是新疆维吾尔自治区，北边是内蒙古阿拉善盟，另外北边还有一小部分和蒙古国接壤。

酒泉拥有悠久的历史，西汉时期酒泉一带的河西地区还在匈奴控制之下，汉武帝派霍去病讨伐匈奴，成功地赶跑了匈奴，将那一带纳入西汉统治区。汉武帝特赏赐美酒一坛，霍去病将美酒倒入泉中，与将士们一起共饮，传为佳话。后来汉武帝在此置郡名酒泉，据说与此有关。如今在酒泉市的泉湖公园，也就是西汉酒泉胜迹，还有相当多的景点可以追寻那些遥远年代的故事。

如今一说起酒泉，我们这些搞火箭发射的人，第一个感觉就会想到酒泉卫星发射中心。应该承认，酒泉市的名气，很大程度上仰仗酒泉卫星发射中心，这已经成为酒泉市的一张亮丽的名片，因为一代代的中国科学家和航天人，在这里创造了太多卓越的、让国人骄傲的辉煌成就。

来这里之前，我一直以为酒泉卫星发射中心就在甘肃酒泉，后来才发现自己错了。发射中心本部原来在酒泉市以北二百多公里，内蒙古阿拉善盟额济纳旗境内。中心所占面积比较大，跨越甘肃和内蒙古两地。既然中心本部在内蒙古阿拉善，你叫它阿拉善卫星中心，也不是没道理。

既然离酒泉那么远，发射中心为啥要叫酒泉卫星发射中心，而不是别的呢？原来卫星发射基地一九五八年建立的时候，那一带荒无人烟，基地的物资、后勤等方面的所有保障全部都由相对发达的酒泉市来提供。同时也为了保密需要，就用了远在几百公里外的酒泉来冠名。

基地最早时候，似乎也不叫酒泉卫星发射中心，它有个代号为"东风"。内部人称之"东风基地"，我国的"东风"系列导弹，显然与此有关。改革开放之后，随着我国的航天事业突飞猛进，尤其是基地发射"神舟"系列飞船，在国内和国际上都有了重大影响，酒泉卫星发射中心大约就是这时候这么叫响的。

来酒泉中心之前，能够想象到它处在戈壁沙漠包围中的模样——一望无际的沙砾、一丛丛的骆驼刺、炫目的紫外线……唯独忘了一样：风！

来了才发现，这地方风格外的大。要么不刮，要刮就是天昏地暗。它不刮东风，主要刮西北风，或者是不分东南西北地胡乱刮。以前我在内地，没见过这么大的风，来了不久，就见识到了。

我小小地考证了一下。发现这里的风，是大有来头的！

酒泉市拥有丰富的风能资源，境内的瓜州县素有"世界风库"之称，玉门市被称为"风口"，而卫星中心处于巴丹吉林沙漠边缘。巴丹吉林是世界第四大沙漠，也是我国沙尘暴频发的沙源地之一，因此这里的风就不仅仅是风，而是风沙！是沙暴！

沙暴刮起来，昏天黑地，声如滚雷，形似巨浪，气势排山倒海，白昼无光，令人不辨东西南北，如坠入地狱一般，感到异常恐怖。

二十世纪五十年代，面对西方的封锁制裁和战略威胁，党中央毅然做出了发展我国尖端国防科技事业的伟大决策。一九五八年初，聂荣臻与彭德怀、黄克诚、陈赓等人和苏联专家多次讨论导弹试验基地的组成、任务、规模、场址选择的条件等问题，随后，国防部批准组成以炮兵司令员陈锡联为首，由苏联专家等人参加的靶场勘察小组，开始导弹试验靶场的勘察工作。

导弹试验基地必须选在地域和空域辽阔，地处偏僻，居民点少，导弹试射如果出现故障造成损失一定要减到最小，同时便于保密的地点。选址时，陈锡联将军亲率靶场勘察小组乘坐直升飞机在我国华北、东北和西北广阔地区进行勘察，经过反复比较，提出在甘肃省鼎新以北建场的意见。聂荣臻与彭德怀、黄克诚等一起听取了勘察小组关于选址等情况的汇报之后，聂荣臻和黄克诚代中央军委起草了向中共中央的报告，从而确定以额济纳旗地区为导弹试验基地。至此，中国的导弹试验基地建设正式全面开始了。

额济纳旗地区是戈壁、沙漠地带，经常黄沙弥漫不见天日，气候变化异常，这里水源奇缺，很难见到植物，交通更是不便。一九五八年三月，随着中央军委一声令下，十万工程兵部队和刚从朝鲜战场回国的志愿军第二十兵团的将士们征尘未洗，转道西行，挺进大漠，拉开了靶场建设序幕。

"天上无飞鸟，地上不长草，四处无人烟，风吹石头跑"，是戈壁滩的真实写照。这支浩浩荡荡的建设大军一进入漫无边际的茫茫沙漠，首先遇到的困难就是如何生存下来、如何施工。在这一片浩瀚荒无人烟的沙漠，很难找到居民，更谈不上住房了。部队进入工地后，便搭起了一片片帐篷，支起锅灶，立即投入了紧张的施工筑路。在一年多的时间里，从司令员到普通战士，所有人都住帐篷。由于沙漠地区风沙太大，白天部队施工，晚上回来时，有的帐篷和行李、洗脸盆什么的，都已经被狂风刮走，战士们得先把帐篷找回来，再整理内务后过夜。

沙漠地区的气温昼夜变化很大，白天还是骄阳似火，高达四十多度，夜晚却是零下十多度，寒气逼人。长住帐篷总不是办法。于是大家另想办法，开始挖地窝子，上面覆盖点儿东西，留个进出口，保温性比帐篷要强。缺点是没有电，里面漆黑，光线太差。后来又搞起了干打垒，建土坯房，一半在地面，一半在地下，上半部留个小窗，白天就有阳光了。

在一望无际的荒漠，根本没有路，人们很容易迷失方向，开始部队就是在经过的路上，每隔一两百米放个废汽油桶或竖起一根木桩，作为路标指示方位。在沙漠地区修路，首先要采取固沙措施，然后才能修路。工程兵部队一锹一镐，从简易路修到砂石路，再到柏油路和水泥路。当时部队最好的交通工具就是敞篷无帮或只有半截车帮的卡车，坐在车上，摇晃得厉害，全身就像要散架一样，能有这样的车坐已经算很高的待遇了。

建设者们就是这样面对极其恶劣的自然环境和十分困难的保障条件，战严寒、斗酷暑，顶风冒沙，挖地窝、住干打垒，用沙枣、骆驼刺解渴充饥。仅用了两年六个月，我国第一个导弹武器综合试验靶场奇迹般地在戈壁大漠中矗立起来。

关于酒泉的风，有好多好多的故事。

一九六〇年前后，时任副总参谋长兼国防科委副主任的张爱萍将军第一次来基地，伊尔14飞机在鼎新机场停稳后，舱门打开，张爱萍第一个钻出来，突然一阵风，把他头上的大檐帽刮跑，大檐帽在地上咕噜噜飞跑，好几个战士扑上去，费了好大的劲才把帽子抓到手。张爱萍笑着说："这里的风好大啊！"

从酒泉市有一条铁路通往卫星发射中心，这是我国唯一的一条军管铁路，当年修这条路，据说牺牲了好几十名战士，有累死的、病死的、被毒蚊子叮死的，还有被风刮迷了路遭风沙埋了的。这些烈士在当时都是就地掩埋，找块木板刻上名字，插在坟头，后来全迁进东风革命烈士陵园。我去过两次陵园，很留意墓碑上刻着的生卒岁月，每每看到十几岁二十几岁逝去的生命，我的面前就荡起黑幕般的风沙，遮蔽了整个世界……

在当时，戈壁大漠深处的卫星中心与外界的联系，主要靠这条铁路。路轨就铺设在沙漠边缘，一旦刮起大风，沙丘移动，路基就会堆积大量沙粒，将钢轨和道床掩埋。为了保持铁路畅通，每隔一段，就设一个点号，驻扎的战士主要负责扒沙。

大风甚至能让火车翻车。我看到一份资料，是当年的一位老火车司机回忆的。他说，一九六二年，他开着火车到一个风口，风刮来的沙子很快就把铁轨埋上了，火车压到这些沙上，加之这个风口正好曲线半径大，就脱线翻车了。吸取教训后，他们每次经过这个地段，司机就得把头伸到外面看着眼前的钢轨。每过一趟车，他们这半边脸都木了，被沙子打的……

我妈妈单位的护士李延阿姨，她的母亲当年是天津的女大学生，大学毕业后参军入伍来到酒泉基地，她说她母亲记忆最深的就是那里的大风，夜里睡觉，即使是在帐篷或者地窝子里，也得用毛巾捂住嘴巴，否则第二天早晨起来，嘴里全是沙子。曾经有几次赶上沙暴，被沙埋住，战友们奋力把她拉拽出来，大伙儿用背包带拴连在一起，否则就会被大风刮走。

我还曾听到一个故事，说是多少年前，基地有两个干部坐吉普车到内蒙古去，半道上遇到大风，大风掀翻了吉普车，等风暴过去，他们把车子扶正，继续赶路，结果稀里糊涂返回了基地——原来他们掉了向，没有去内蒙古的目的地，而是原路回来了！因为戈壁滩上没有路，也没有什么参照物，很容易迷路的。

距离中心本部约五十公里的戈壁滩上，有一个名叫"50号"的点位。在这片即将被沙尘掩埋的地方，有一块约十平方米大小的水泥台，上面被高温烧熔的钢铁、被火焰喷射灼出的凹陷依旧清晰可辨。一九六六年十月二十七日，我国第一次导弹和原子弹结合试验，称作"两弹结合"试验，导弹就是从这个地方起飞的，发射场就设在这个十平方米大小的水泥台上，不远处是地下控制室。

这是世界上迄今为止唯一一次在本国领土上进行的核导弹试验，当时的美苏两国都在国土之外的大洋上进行。我国这次两弹结合试验，就遇上了大风暴。试验前一天导弹从厂房往发射阵地转运时，突然间狂风怒吼，黄沙翻滚，遮天蔽日，能见度只有几米。基地副司令李福泽亲自带队，分别从两个技术厂房，将导弹和核弹头转往发射场，由于风沙太大，能见度太低，转运车打开大灯，顺着电线杆慢慢走，还迷了路，五十公里的路程，走了三个多小时。当时聂荣臻元帅受毛泽东和周恩来委托，亲自来主持这次极为重大的试验，钱学森等科学家也在现场，这场突如其来的风暴，差一点儿影响到试验，把聂帅和钱学森急得不轻。幸好，傍晚风停了，第二天凌晨，试验如期进行，核弹头准确命中位于新疆罗布泊靶场的目标。

在酒泉的日子，我们也赶上了几次大的沙尘暴。上班时间，突然来了风，就见有的干部拼命往家跑，原来是忘了关窗户。在我眼中，和内地相比，这儿的风暴还是蛮吓人、蛮厉害的，但已不是想象中的、传说中的模样。老同志分析说，一是这些年三北防护林建设得好，起到了挡风的作用。二是因为世界气候变暖，风似乎也明显比先前小多了。三是气象预报越来越准确，大家能够提前有个预防，心理上不那么怕了。其实主要还是生活条件变好了，有了各种建筑物、车辆供人藏身避风，回到半个多世纪前基地初创的日子，你躲都没处躲！

风暴减少了，紫外线依然厉害，这儿的人皮肤明显比内地的人粗糙，虽然不像青藏高原上生活的人那么明显，但也是让你能够一眼看出来，你面前的人在自然条件比较恶劣的地方生活着。我虽然在那里时间不算长，却也能感觉到皮肤在逐渐变差。如今中心高学历的人才比比皆是，北大清华的硕士、博士已不稀罕，他们选择到这儿工作，首先得具有强烈的奉献精神才行。我敬佩他们，感觉他们才是年轻科学工作者的楷模。

对于我来说，经历过酒泉的大风，以后什么样的风浪，也就不怕了。

据说这地方有一种"宝贝"——酒泉风砺石，它是产于酒泉附近戈壁滩上的一类观赏石，过去也泛称"戈壁石""大漠石"，实际上是一种因风蚀而成的风棱石。已知可有不同的岩性，如硅化蛇纹岩、红柱石云母石英片岩、燧石灰岩、硅质岩、砂砾岩、页岩等。又因物质组成的差异，而有各种不同的颜色；更因风蚀程度的不同，造就了各种奇特的形态。据考证，早在宋代以前，此石已成为地方官员进献皇帝的贡品。

我没能见到这种"宝贝"。

但我觉得，酒泉卫星发射中心的人，就是国家的宝贝、民族的宝贝。

最后我想说，这儿并不都是风沙。深秋的巴丹吉林沙漠边缘，弱水河蜿蜒流淌，胡杨林黄叶绚烂，神舟桥飞架南北。我国航天事业的发祥地——酒泉卫星发射中心景色宜人，吸引着一代代航天报国者，前来证明自己。

我们点亮星空

北斗七星，是指大熊座的天枢、天璇、天玑、天权、玉衡、开阳、摇光七星。古人把这七星联系起来想象成为古代舀酒的斗形，故名北斗。古人很重视北斗，因为可以利用它来辨别方向、确定季节。

如今一提起北斗，相信很多人首先会想到我国的"北斗"导航系统。"北斗"系统是我国着眼于国家安全和经济社会发展需要，自主建设、独立运行的卫星导航系统，是中国改革开放四十年来取得的重要成就之一，为全球用户提供全天候、全天时、高精度的定位、导航和授时服务的国家重要空间基础设施。我国始终秉持和践行"中国的北斗、世界的北斗"的发展理念，服务"一带一路"，让"北斗"系统更好地服务全球、造福人类，贡献中国智慧和中国力量。

也许更为重要的是，有了"北斗"导航，中国从此将不再受制于人。

但是很多人并不清楚，所有的"北斗"卫星都是从西昌卫星发射中心升空的。"北斗"卫星导航星座由中圆轨道卫星、倾斜地球轨道卫星和地球静止轨道卫星组成，这些轨道都属于中高轨道。目前，中高轨道卫星只能由"长征三号"甲系列火箭发射，而且，"长征三号"甲系列火箭只能在西昌卫星发射中心实施发射。加之中心作为我国较低纬度的发射场，发射效费比高。所以，"北斗"对西昌情有独钟，西昌因此成为闻名世界的"北斗母港"，中国"北斗"从西昌走向太空，走向世界。

二〇〇〇年十月三十一日，中心成功发射我国第一颗"北斗"卫星，截至二〇一九年六月二十五日，共发射五十颗"北斗"星，发射成功率达百分之百，离实现全球组网已为期不远。十九年栉风沐雨，一茬又一茬西昌航天人为了"北斗"的顺利升空，付出了常人难以想象的智慧、心血和汗水，他们把一项项发射纪录书写在进军星辰大海的漫漫征途上。

让我们把时间的镜头拉回到"北斗"卫星刚刚起步的那个时候……

从无到有，"北斗一号"起步腾飞

二〇〇〇年十月三十一日和十二月二十一日，在不到两个月的时间里，两颗"北斗一号"静止轨道导航卫星相继成功发射，实现了中国首次使用双星定位技术组成"北斗"区域卫星导航系统，这在中国"北斗"发展史上具有划时代的意义。

虽说良好的开端是成功的一半，但是危险也会在不经意之间悄悄来临。

二〇〇三年五月二十四日这一天是发射第三颗"北斗"星的日子，但是天公不作美，瓢泼大雨从天而降，发射场区笼罩在一片水雾之中，此刻，"长征三号"甲运载火箭托举着卫星已巍然矗立于发射塔架，等待腾飞的那一刻到来。

当晚九时许，低温推进剂加注完毕，程序进入射前负三小时，一切看起来都很顺利。突然，控制系统报告：给箭上三级火工品和电磁阀等设备供电的关键线路漏电！这一险情可能会造成箭上火工品误爆或不起爆，导致发射失败的严重后果！

此时，距离发射"窗口"时间还有短短五十一分钟，如果发射，可能会导致失败，带来危险；如果不发射，会错过最佳发射"窗口"。发射，还是不发射，在当时那种情况下都难以做出抉择。指挥中心安静得可怕，没有人敢吭一声，只听得见秒针嘀嘀嗒嗒地走着，只看得到大屏幕上的时间在飞快跳动着，仿佛提醒着人们发射"窗口"时间马上就要到来。关键时刻，时任火箭控制系统高级工程师毛万标主动站了出来。

经过几次来回上下塔架进行全面细致的测试检查后，毛万标凭借自身过硬的理论功底并借助专业的数据计算分析得出了结论：漏电现象是由于环境湿度较大，部分接插件结霜引起，不会影响母线供电电压，不会成为决定成败的因素，可以发射。

毛万标坚定自信的神情和翔实严谨的分析，就好像给现场的所有人吃了一颗定心丸，指挥部领导随即做出继续进行发射程序的决定。五月二十五日零时三十四分，伴随着"5、4、3、2、1，点火！"的口令，"长征三号"甲运载火箭搭载第三颗"北斗一号"卫星直刺苍穹，成功进入预定轨道。

事后谈到这次任务，毛万标讲道："在那个时候，就需要有人站出来，这是作为一个系统工程师，作为一个航天人的责任。"

"北斗一号"成功发射，标志着我国打破了美、俄在此领域的垄断地位，解决了中国自主卫星导航系统的有无问题。

砥砺前行，"北斗二号"披荆斩棘

二〇〇七年四月十七日二十时许。操场上，摆着一张桌子，桌子上摆了十几个接收机，在场的所有人都凝神静气，屏住呼吸，空气仿佛在这一刻凝固了。当十几个接收机同时接到信号的刹那，操场的所有人都欢呼跳跃，激动无比。他们或是相互拥抱，或是喜极而泣，高喊着："我们胜利了！我们拿到信号了！"

人们之所以如此兴奋，是因为一举拿到了频率资源的合法地位，我国整个"北斗"系统持续发展的道路就此打通！

二〇〇七年注定是不平凡的一年，这一年是我国"北斗"卫星导航系统建设史上关键的一年。为什么说它"关键"呢？

是因为导航卫星发射上天的前提是要有合法的轨道位置和频率资源，但是不要以为争取到了这些就等于进入了保险箱，必须要在七年的有效期之内发射卫星成功接收到信号。我国是二〇〇〇年四月十八日零时提出申请的，也就是说，必须在二〇〇七年四月十八日零时前接收到卫星信号，这才算真正占有了这块"太空国土"。

按照原定部署，我国在二〇〇七年底才发射首颗"北斗二号"导航卫星，但是如果按照这个时间，好不容易申请下来的轨道位置和频率会因为时间过期而作废，因此"北斗"团队夜以继日干工作，集智攻关赶进度，终于赶在二〇〇七年四月初的时候，进入了发射的最后阶段。但是在第三次总检查的时候，问题还是出现了，这次是应答机出现了问题。如果应答机工作异常，我们不一定能够成功拿到频率资源。为了保证接收信号万无一失，应答机要被取出进行修复。

可眼下用来修复的时间仅剩下三天了，卫星坚决不能带有任何问题上天。技术人员最终还是决定对卫星进行"解剖"，取出有问题的应答机，送到成都，进行调试检测。

那个时候，只能用汽车运，路上要花费四五个小时才能到达目的地。由于汽车太过颠簸，技术人员像对待婴儿一样紧紧把设备抱在怀里，小心保护着。最终，应答机异常的问题得以解决。

四月十四日四时十一分，这颗"北斗"星成功发射，带着抢占"太空国土"的使命飞向遥远的太空，于四月十七日二十时许传回了信号。此时，距离国际电联的"七年之限"仅剩不到四个小时。

众所周知，航天发射是一项高风险的科技活动，气象条件是制约航天发射的关键因素。在全球十大航天发射场中，美国肯尼迪航天中心的气候条件最复杂，西昌场区跟肯尼迪是一个量级，它地处横断山脉山区，局地性气象特征明显，气候复杂多变，受来自东南西北四个方向的气象系统影响。据统计，西昌发射中心近一半的发射任务都是在雨季执行，尤其每年进入六月以后，雷雨频繁，老天的脾气难以捉摸。在雨季为火箭寻觅一个安全的发射窗口，对于一线气象保障人员，每一次都是巨大考验。

果不其然。二〇一一年七月二十七日凌晨五时多，第九颗"北斗"导航卫星发射在即，在距离发射窗口仅剩半小时的时候，天空中乌云密布，黑沉沉的天仿佛要崩塌下来，一道道刺眼的闪电从天空中划过，耳边响起了震耳欲聋的雷声，紧接着，瓢泼大雨从天而降，发射场区出现了强雷暴天气。"发射卫星，不怕下雨，就怕打雷。"这是气象人经常挂在嘴边的一句话。以往，遇到这种天气，大多数的发射任务便会推迟。但是，"北斗"卫星导航系统对发射窗口要求极高。

当时所有的压力、所有的目光，都聚焦在了江晓华带领的气象保障团队。凭借过硬的专业知识、丰富的经验以及精确的计算，江晓华向指挥部提出了一个大胆而又精准的预测结论："发射前有十分钟雷暴间隙期，满足发射最低气象条件，可以按时发射！"

这个建议让指挥部的领导们大犯嘀咕：这十分钟间隙期，见缝插针，间不容发，稍有差池，都是一个大灾难！

正是凭着对中心气象团队的信任，最后时刻，指挥部果断采纳了这个提议。第九颗"北斗"，就在那十分钟的雷雨间隙中，于五时四十四分二十八秒实施了发射。火箭穿云一分钟后，上空就传来雷暴声，真可谓惊险万分。发射成功的消息传来，气象部门不少人抱头痛哭。江晓华回忆，持续站立的那三个多小时，重担压得他神经都已经麻木，当回到自己房间，他倒下就睡着了。据说，这是世界航天史上，唯一一次在雷雨间隙中发射的纪录。这个纪录是西昌航天人中的气象人所创造的！

"北斗二号"以惊人的"中国速度"建设区域导航系统，不断在困难中披荆斩棘，砥砺前行，使中国重要的通信部门基本上摆脱了对国外卫星导航系统的依赖，并为亚太地区用户提供了定位、测速、授时和短报文通信服务。

闪耀全球，"北斗三号"跨越发展

"四十分钟准备！"

"两分钟准备！"

"一分钟准备！"

"5、4、3、2、1，点火！"

当熟悉的调度口令响起，西昌卫星发射中心又在执行发射任务啦！

这一天是二〇一八年二月十二日，此次执行的是"北斗三号"工程第五、六颗组网卫星的发射任务，是春节前执行的最后一发任务了。此次发射起到了承上启下的作用，是确保构建"北斗三号"基本系统的关键，因此牵动着所有航天人的心。

在西昌卫星发射中心测发大厅一楼的外墙上，"牢记使命、坚定信心、周密组织、科学管理"十六个大字映入眼帘，为了这次发射，科技人员们已经蓄势待发，枕戈待旦。

对于中心西昌发测站高级工程师鄢利清来说，这次发射意义重大，这是他第一百次参与执行的发射任务，也是第二十二次担任发射阵地的01指挥员。不要以为担任01指挥员只是喊个倒计时口令那么简单，这中间学问还很多。每下达一个口令，不仅要确认系统的工作是否按时完成、参数是否正确、分系统指挥员向他报告的信息是否准确，还要与计时器完美合拍。台上一分钟，台下十年功。很多人只看到他发射前的读秒工作，却不知道90%的工作都需要在发射前完成。火箭进场、地面设施维护、火箭转到发射区以及最后的总检查和测试等等，都需要由他来指挥各个分系统的指挥员。

在这次任务中，还出现了一个小插曲。火箭一二级转场完成后，三级发动机设备出现了问题，某个器件出现了一个指标超标的情况，可能不是很大的问题，但是万一出现故障，将会导致此次发射失利。鄢利清连夜组织汇报会，查找并确定原因，虽然经过检查并无大碍，但是为了确保万无一失，技术部门连夜更换了器件，使任务得以顺利进行。就这样，火箭最终在他响彻场区的口令声中，顺利发射升空，成功精确入轨，这位中心的发射"福将"果然没让人失望。

被称为"刀尖上的舞者"的液氢液氧分系统团队主要负责中心所有低温燃料的生产、化验、运输、加注和转注，每个环节都险象环生，危机重重。液氢是高危燃料，当浓度达到一定程度，米粒大小的石子从一米多高的地方掉落，碰撞地面后产生的能量就足以把全场引爆，可见他们的工作就是在与死神打交道！这次任务是低温加注操作手陈复忠参加的第一百一十二次航天发射。在岗二十九年，陈复忠加注操作零失误，在外人看来，他对这项工作早就游刃有余、轻车熟路了，但是他自己却说越干越胆小，越干越害怕。他和同事的工作大多都在深夜进行，液氢是零下253℃的低温，再加上深夜大凉山的阵阵寒风，接连工作八个小时，就是穿再多的衣服、再厚的鞋也无济于事。稍有不慎，还会面临冻伤导致肌肉坏死的危险。他们还是火箭发射最后撤离现场的那批人，然而离发射现场如此之近的他们，大部分人却从未亲眼看过发射。在掩体下方的地下室里，他们正目不转睛地注视着仪器屏幕，当火箭托举卫星带着熊熊烈焰扶摇直上的时候，他们开心得像孩子一样。他们从未后悔，因为他们是火箭的"造血师"。

"火箭速度正常……"在中心天王山深处测控点的一栋二层小楼里，一个人正全神贯注地盯着屏幕，跟踪测量发射之后卫星的相关数据。他叫张保同，他所在的这栋二层小楼就是他的办公室同时也是他的家。办公室在二层，一层则是他们一家四口的卧室、厨房和卫生间。大家给这个站点起了一个别名，叫作"夫妻哨"。张保同的妻子王红玲放弃了老家的工作，追随他来到西昌做了"全职太太"，全心全意地支持他的工作。有一次，张保同的两个孩子相继生病了，王红玲忙得焦头烂额，刚照顾完小女儿，却发现大儿子竟然在凳子上睡着了，而张保同就在二楼，近在咫尺，却一点忙都帮不上。但是王红玲没有怨言，她不知道这次发射的是什么卫星，只是知道这次的发射任务很重要，自己的丈夫要连续数个小时紧盯屏幕，观测火箭相关数据，保障发射任务的圆满完成，她坚决不能给丈夫拖后腿。

西昌卫星发射中心的人员换了一茬又一茬，但是大家的初心都未曾改变。正是因为有众多这样的"北斗"功臣，才让"北斗"卫星实现了历史性的跨越发展，开创了一条中国式的自主导航之路。他们把自己的青春与热血，融入了祖国的星座。

二〇一八年这一年被西昌卫星发射中心的科技工作者们称为"超级二〇一八"，在这一年里，十七次高密度发射刷新了纪录，创造了奇迹，其中"北斗"导航系统十箭十八星从西昌顺利腾飞，创下了世界卫星导航系统建设和我国同一型号航天发射的新纪录。预计到二〇二〇年底前，我国将完成三十多颗组网卫星的发射，全面建成"北斗三号"系统，技术更为先进，定位精度更高，将实现全球服务能力。

我们作为西昌航天人，回首中国"北斗"近二十年的漫漫征程，有多少个不眠不休的夜晚，有多少次默默负重的坚持，都在此刻化为成功道路上最美的风景。

他经历了
看不见的刀山火海

一九六四年十月十六日，一声巨响震惊世界——中国第一颗原子弹在罗布泊戈壁大漠深处爆炸成功。当天傍晚，消息传到远在上千公里之外祁连山北麓的酒泉原子能联合企业（又称四〇四厂），一位年轻技工一直悬着的那颗心终于放下，他面向夕阳落山的方向，激动地哭了。

　　他听不到惊天动地的巨响，他看不到原子弹爆炸升起的蘑菇云，但在他的心中，却是山崩石裂，天雷地火，烟云四起——因为这颗代号"596"的中国第一颗原子弹，深深刻下了他的烙印。

　　他的名字叫原公浦。

五年前……

　　原公浦是山东掖县人，十二岁当上儿童团团长，有一回，他半夜里偷了国民党的子弹，跑去送给八路军；十四岁，他就随支前民工背粮食背弹药往前线送。全国解放了，十六岁那年，他为生活所迫，背井离乡来到大上海，进入工具厂当学徒。

他是一个要强敢拼的人，工具厂是培养车工的好地方，他非常痴迷车工技术，认为这项技术精细严谨，对培养人的性情也有帮助，更因为他心中有一个梦想：会技术的人多了，国家就能强盛。因此他要做一个顶尖的、呱呱叫的车工。他每天在岗位上刻苦用功，晚上还要上夜校补习班，加强理论学习。三年之后，他就达到了四级工的标准。又过了一年，他跃升为五级工。这在厂里是个奇迹，老工人们都说，没见过学技术这么玩命的。

一九五六年，原公浦所在的工具厂合并到上海汽车底盘厂。这一年他入了党，担任了团总支书记，而他的年龄也才只有二十一岁。又过了一年，他认识了比他小五岁的上海姑娘郭福妹，两人日久生情。郭福妹的母亲察觉后，明确反对女儿跟原公浦谈恋爱，她希望女儿找一个家庭条件好一点的上海人。当父母的，有这种想法也不为过。

郭福妹却是怎么也离不开原公浦，她发现这个山东小伙子正直、憨厚、事业心强，而且他还很有孝心——他月工资75.28元，每月要寄二十元给老家的父母。这在有些人眼里，是个拖累、负担，但在郭福妹眼里，孝心满满的原公浦更加的优秀。渐渐地，郭母也看到他的质朴、上进、孝顺，便松了口，接纳了原公浦。

一九五九年春天，原公浦和郭福妹结婚了。他是厂里的技术骨干、团总支书记，是厂里重点培养的年轻人，前途光明。如果不出意外，夫妇二人会平平安安在上海这座大都市生活一辈子，儿孙满堂，家庭幸福。

三个月后，北京派人来到上海汽车底盘厂，说是选派技术好的车工，到二机部所属企业工作。他们多方考察，选中了两个人。但当那两人听说有可能要派去大西北工作，死活不愿意离开上海。

原公浦并不清楚二机部到底是干什么的，上海工业最发达，来上海选技工，说明国家很需要人。他掂量了掂量，感觉自己已经是六级车工，在厂里的年轻人里面，技术算是拔尖的，唯一的"不足"可能是年龄问题，他才二十四岁，在常人眼里，这个年龄有点不牢靠。

他鼓起勇气，主动去报名，说："我愿意去！"

人家反反复复地考察他，不光是技术，还有政治面貌、家庭情况等等，严格得很。他琢磨，越严格说明这工作越重要，对他越是有吸引力。

他经受住了考察，人家同意选他去。先去北京培训，然后再到具体的工作单位上班。报名考察期间，他没敢给家人说，怕遭遇阻拦。上级一同意，他回家硬着头皮说了。郭福妹还没吭声，岳母先不干了，她两个儿子都在外地，天天为儿子回上海发愁呢，便生气地说："你又要把我女儿弄走啊？"

原公浦赔着笑脸说："她不走，就我一个人去。已经定了。"

家里人都愣在那里。

虽然家里人都想不通，但也没有再阻拦他。因为阻拦也没用——已经定了，尤其是他铁了心！

他的偶像是中国的保尔——吴运铎。另外还有钻头大王倪志福、鞍钢的万能工具胎发明人王崇伦，这些人都是他心中的榜样。他最喜欢看的书，是《把一切献给党》。他想成为吴运铎、倪志福等榜样那样的人。

现在，他勇敢地迈出了第一步。

三年前……

酒泉原子能联合企业或者说四〇四厂，根本不在酒泉，而是在嘉峪关以西、祁连山北麓的玉门，工厂就建在戈壁滩上。那是个极其神秘的工厂，甚至连个通信地址都没有，只有一个信箱，留的还是"兰州##号"，实则与兰州八竿子打不着。

四〇四厂是我国最早的核反应堆生产基地，鼎盛时期有数万职工和家属，外围还有数千人的卫戍部队。

原公浦的落脚点就是这里。

尽管原公浦很长一段时间都不知道自己去那里干什么，但他在国家最需要技术人才的时候，勇于报名，并且来到了大西北戈壁滩上，从此开启了他伟大的梦想。这于他来说，是一生的幸事！

一九五九年，经过在北京等地的培训之后，原公浦来到四〇四厂。来到这里的车工一共有五个人，是从全国各地挑选来的。每天，他们五人站在五台特种车床前，穿着笨重的洁白防护服，戴着特制的大口罩，双手套着特制的长筒乳胶手套，聚精会神地操作车床，对一个半球形状的钢球进行切削，一丝一丝的铁屑，掉落进切屑盘内……

他们每人脚边的大木箱子里，堆着一些切削过的钢球。

有一天，厂里的总工程师姜圣阶来了，随着一声哨子响，他们五人都关了车床，摘下口罩，脱下手套。虽然是严冬，但他们一个个都是热汗淋漓，气喘吁吁。五个人围过来，你看看我，我看看你。终于，原公浦鼓起勇气道："姜总工程师，我们想知道，我们整天练这个，到底要做什么？"

姜圣阶说："调你们来，有一个十分重要的任务，但现在不能说。等你们技艺纯熟到家，每人切削过的钢球，装满了那个大木箱子，我再告诉你们。"

姜圣阶扭头走了。原公浦他们只好戴上大口罩，套上手套，又干起来……就这样，他们整天练习车同一尺寸的钢球，简直枯燥死了。让他们几个感到莫明其妙的是，要用三年时间，去练习加工相同尺寸的钢球。一闭上眼睛，他们的眼前就是一个球，走起路来眼前也是这个球。他们只是感觉到，将来的产品一定非同小可。但绝没想到，要加工的东西，是二十万人经过七八年时间努力，才得到的两块如萝卜大小的、白色的裂变材料。

一年前……

原公浦自打到四〇四厂报到后，全身心扑在了学习、工作中，连每年一次的探亲假都放弃了。再见到郭福妹已是两年半之后。

原公浦具体做些什么工作，郭福妹更是不知晓。但郭福妹知道，肯定是对国家很重要的事，是非常重要的工作。所以她愿意为了支持丈夫，忍受相思别离之苦。

一九六三年二月，原公浦和郭福妹的女儿呱呱坠地。远在戈壁滩的原公浦没有亲眼看到女儿出生。他想念郭福妹，想见见未曾见面的女儿，就写信给郭福妹，希望她来玉门，来他工作的地方，夫妇俩一起生活。厂领导也常常敦促他们这些有家室的工作人员，想法把妻子带过来，等夫妻团聚了，大家才能安心工作嘛。并且提醒他们，千万不要把这里说得太苦。原公浦在给妻子的信中说道："这里牛奶当水喝，骑着马打猎……"

这些说辞是大家统一的。

后来原公浦承认，是他把妻子"骗"来的。

郭福妹想念丈夫，也很想支持丈夫的工作，于是就向单位申请，把工作关系转往原公浦所在的四〇四厂。可是大女儿才半岁，郭福妹犹豫要不要带女儿一起去。这时，母亲站出来说："把孩子留上海，我来带。那里到底是什么情况还不知道呢，你们都要工作，这么小的孩子怎么带？而且孩子户口留在

140

上海，总比去那里好。"郭福妹满怀感激，跟母亲依依惜别，含泪忍痛把幼小的女儿丢在上海……

到了大西北的目的地，她看到原公浦住的八平方米的小房间里仅有一张床、一张桌子、两把椅子，郭福妹哭了。这里远比上海艰苦得多，别说牛奶了，连大米都限量供应，很多时候要吃青稞、粗粮。

日子虽然艰苦，但夫妻俩总算团聚了。

郭福妹分配到车间做分析工作，她包揽了家里大小事务，领导对她说的最多的一句话就是：家里出了再大的事都不要去找他，不能影响原公浦的工作。就是领导不说这样的话，郭福妹也知道自己该做什么，她大老远跑来，不就是替丈夫分担点儿什么吗？因为吃不惯粗粮，她常常胃疼，后来发展成胃下垂，对孩子也照顾不上，她这个做母亲的，为此经常难过落泪。

当他们年老之后，郭福妹虽然有时会感到委屈，但是郭福妹从来没有后悔嫁给原公浦，原公浦在郭福妹的心中，永远是那个质朴、上进、孝顺的小伙子。

半年前……

原公浦他们终于知道，他们要干一件注定会震惊世界的大事！

原子弹工程是一个庞大的"巨系统"，包括科研、设计、制造、生产、试验等许多环节，但最根本的，是要有核材料。

从铀矿石开采到铀核材料的提取，再到铀部件的铸造，这其中有无数的工序、无数的艰难险阻。四〇四厂主要负责铀部件的铸造。

后来我们知道，我国第一颗原子弹使用的核材料是两颗总重约十五公斤、体积只有橙子大小的铀 235 半球。就像一张著名的照片上、著名科学家邓稼先比画的那么大——

其工作原理是：外壳的炸药爆炸后，将两个半球紧紧挤压在一起，达到临界质量，就会引发核爆炸。

核部件的铸造技术过关之后，任务只能算是完成了一半，还有最后一关——对铀部件进行切削加工，使之达到原子弹设计上要求的几何形状和尺寸、重量、光洁度等方面的要求。

然而，这颗铀球的加工精度要求极高，在没有精密数控机床的那个年代，要用球面机床加工出要求极为严苛的这颗铀球，全中国也数不出几个人。原公浦他们五个人，就是来干这个的。

一九六四年四月初，铀部件快要铸造成功的时候，厂长周秩这才把底儿透露给他们。周厂长说："这是天下大事，国家大事，世界大事。"

原公浦回忆说，他当时极度愕然，他真是没有想到。

在讨论由谁来主刀的时候，姜圣阶总工程师向周秩厂长推荐了原公浦。姜圣阶说："这个小伙子虽然年轻，但他技艺最精湛。这半年桓拟训练，他的体重就减轻了三十多斤。每天流到手套里的汗，常常把双手泡成白色。"

周秩赞同地点点头。

当时面临的情况是，国家还没有数控车床，只有普通的车床，全凭车工的手，加工出二级以上精度的产品来。周秩和姜圣阶找原公浦谈话，说："原公浦同志，经过严格考察，我们选中了你。你有信心吗?"

原公浦愣了好一阵，用力点点头。

按照计划和要求，精加工过程由三个人操作，原公浦来主刀，每切一刀，厚度只有头发丝的十分之一，他在模拟训练中，已经是每一刀都精确无误；第二个人担任监护，一方面监护、提醒他的操作，一方面要把他切削下来的铀屑及时捡起来，这都是宝贝，同时防止铀屑在切屑盘里积聚造成链式反应；还有一个人专门搞测量计算，原公浦每切三刀，他就要测量一次，看还差多少，还要吃多少刀。

姜圣阶说："我们的铀 235 铸件只有两个，一个都不能有任何的损坏。"

姜圣阶又说："原公浦同志，这是前人没有干过的事，组织上把它交给你，是党和人民对你的信任。核燃料极其珍贵，是我们的命根子，比我们的生命还重要，能在你手上拿出第一个核部件来，历史是不会忘记你的。"

原公浦异常郑重地点点头。

一九六四年四月三十日，夜……

这一夜，是原公浦终生难忘的日子。

那一周，原公浦紧张到吃不下饭、睡不着觉，每天医务人员为他注射一支葡萄糖，保持体力。他每天上午十点半照常进入十八号车间模拟演练，紧急事故逃生路线走了一遍又一遍，但他心里清楚：一锤子买卖，怎么样都要把它车到合格水平，什么事故都不能撤。

只许成功，不许失败。这是原公浦给自己定下的目标。成败在此一举。当他接受这个任务、准备走进铀球加工区域时，他给妻子留下了这样一句话："我回不来的话，你把女儿带大。"

妻子一下子就哭出来了，要知道，当时他们的女儿才一岁多。

这是一间很小的密闭的操作间，只有一台代号 414 的球面特种车床。晚八点，规定时间到了，原公浦和两个助手全副武装，走向车床。车间外面，姜圣阶、周秩等很多人，都默默地、焦虑地翘首望着操作间……

一个白色的半球状铀球，夹在夹具上。原公浦来到车床前，久久地、表情有些紧张地望着那个神秘的铀球……特种车床飞快地转动起来……原公浦伸手握住操作手柄，但他许久没有进刀。原公浦此刻要加工的，不是普通的钢球，而是原子弹的"心脏"，中国第一颗原子弹的"心脏"！他手中握着的，仿佛已不是操作手柄，而是数十万人为之奋斗了八九年的成果，它关系到中国第一颗原子弹能否按计划炸响……

事情太过重大，此时的原公浦，不免变得慌乱起来。监护手提醒道："操作手，该进刀了。"

原公浦咬咬牙，开始进刀。但是只进了两刀，真空吸盘出了问题，铀部件"当"的一声，从夹具上掉落到切屑盘里！

原公浦心提到了嗓子眼。监护手反应过来，伸手关上车床的开关。车床停止了转动。

工作停下来了。有人把原公浦带到一间办公室里，此时已是入夜。原公浦颓丧地坐在周秩厂长面前。有人送来一杯牛奶让他喝下去定定神。这时，姜圣阶进来说，经检查，铀部件没有任何损坏。周秩放心地点点头。原公浦也似乎一下子清醒了一些。姜圣阶提出，有两种办法，一是小原今晚休息，明天再干。二是换一个操作手，今晚接着干。周秩厂长用不容置疑的口气说："两年规划制定时，我给部里立的军令状，五一，也就是明天之前，必须拿出合格的铀部件！"

周厂长不想违反"军令"。今晚必须干到底。人们都清楚，刚才原公浦不是技术问题，而是精神过于紧张。说实在的，在场任何人都紧张啊！周厂长、姜总工程师比任何人都紧张。没有人能够说清，他们那一晚承受了多大的心理压力！

在紧张的等待之中，时间已近深夜。周秩问原公浦："小原，怎么样？"

原公浦渐渐神情变得坚毅，他一咬牙："干！周厂长、姜总，我请求马上回到操作间，继续加工！"

姜圣阶、周秩都点了点头。周秩拍拍原公浦的肩膀："大胆干！"

很快，原公浦等三人再一次全副武装走向车床。原公浦恢复了往日的沉着与冷静，仿佛换了一个人似的。特种车床再次启动，操作手柄转动起来……原公浦神情专注。监护手低声道："开始！"

原公浦小心翼翼，一刀一丝，一刀一丝……他聚精会神地切削……三个人配合熟练，原公浦每车三刀，就要测量一次，看看还差多少，还要车多少刀。伴随着咝咝的进刀声，铀坯在原公浦手中慢慢改变着模样。经过四个小时的精细加工，一个精致光滑的小球（半球），渐渐切削出来了。

铀球剩下最后三刀。

每一刀都需要严密测量，车多车少都不行，一旦车多了，铀球就报废了，数万人忙了多少年的成果就要在他手里泡汤；车少了，达不到标准，产生了硬化层，就不好加工了。因此，不能车多也不能车少。一旦出现问题，铀球不能拿去组装，原子弹也就不能按时爆炸……

后来，原公浦每次回想起这一刻，都很紧张，很后怕。

他定了定神，熟练地一刀切下去，停下来量一下尺寸，然后进行第二刀，再停下来仔细测量。车完最后一刀，原公浦长长地松了一口气，瘫坐在了椅子上，此时已是一九六四年五月一日凌晨。中国第一颗原子弹的"心脏"——铀球，像一个

146

新生婴儿，呱呱坠地。经过严格检测，完全符合规格要求。

当时在场的人们，谁也不知道，五个月又十六天之后，装着这个铀球的原子弹，将在新疆罗布泊的塔架上爆响。

那一夜，他经历了看不见的刀山火海。

车工原公浦，也因此落下了一个令他一辈子感到骄傲的绰号——原三刀。

后来，原公浦无数次感慨万千地对人说："我姓原，这辈子跟原子弹有缘。"

五十年后……

原公浦在玉门四〇四厂，一干就是三十四年，直到一九九三年退休。一九九四年，他携妻子回到上海，享受副处级退休待遇。

他一生共参加了十次与核试验有关的具体工作。我国"两弹一星"元勋钱三强先生曾形容他，说他是"一颗螺丝钉，一颗非常重要的螺丝钉"。

戈壁滩上艰苦的岁月，成为他一生的荣耀。回到上海后，他像大街上公园里的退休老人那样，过着平静的日子。他的家在闵行区梅陇镇梅陇一村，一套只有六十平方米的老房子，客厅只有小小的七平方米。

我父亲和陈怀国伯伯联合编剧的电视剧《国家命运》，里面就有原公浦的镜头，我看过电视剧之后，一直没有忘记这位当年手握我国第一颗原子弹"心脏"——铀球的特殊技工。怎么说，他都是"大国工匠"的优秀代表、新中国技术工人的标志性人物。

我们知道，美国第一颗原子弹——"曼哈顿工程"顶峰时期参与人员超过五十万，苏联首次核试验就动用了二十万军民，中国的"596计划"参与人数迄今并没有精确的统计数字，一般认为不少于三十万人。

如此庞大的人员规模，难道他们都是科学家吗？如果不是，这些参与者又是些什么人呢？

从人数上说，科学家仅占极小的比例，参与者大量的是解放军指战员、民兵以及像原公浦这样的技工，还有数不清的普通工作人员。他们的身份，消隐在一个个群体标签背后，他们的故事，静静躺在保密柜和历史档案之中，他们的故事，在历史中逐渐变得模糊。

虽然我们常常说，历史不会忘记他们。但是我们也不得不承认，历史老人也有打盹的时候。好在原公浦不想过多地张扬自己，他默默地过好每一天退休生活，和老伴相濡以沫，相伴而行。

参加社区活动时，和别人聊天，原公浦透露说，自己参与了十次原子弹试验，老人们都笑了，说："老兄，不要吹牛了，搞原子弹的还住在我们这么破烂的地方？"

原公浦也笑了。他不指望别人能记住他，只是他自己不想忘记自己的过去。在他仅有七平方米的客厅里，他设了一个小型"展览馆",珍藏着自己与我国第一颗原子弹相关的奖章、照片、报道以及其他资料。客厅墙上挂着两幅字和一张电视海报,"原三刀"三个字直入眼帘,两幅字分别是"黄河黄浦 大勇大公"和"黄浦江边男子汉 蘑菇云下国公人",里面均藏有"公浦"两字。

这是他的光荣啊!

时间来到二〇一一年秋天,他的身体突然出了问题,查出前列腺癌,而后是晚期,全身骨头痛。

生了病,更知道钱的重要。让原公浦产生巨大心理压力的,不是癌症晚期本身,而是手术后随之而来的经济压力。他和老伴退休金本来就不高,两人每月加起来,才刚够买一瓶进口药。虽然各级政府、原单位等也对他进行过多次慰问,社会各界也对他进行过各种捐助。但是在与癌症相伴的七年里,原公浦一直受困于昂贵的抗癌药。

几个月前,一直默默无闻的原公浦老人,不想就"出名"了——网络上一篇文章,在社会上激起涟漪,引起较大反响。

网络上关于原公浦老人晚景窘迫的事情曝光后,社会各界都伸出了援助之手。我们是社会主义大家庭,人们不会漠视这位功臣老人的困境,让他更有保障、更有尊严地安享晚年,是全社会的责任。

据了解,多方救助正在进行中。他吃药的问题一定能够解决。

我们期盼,原公浦的奉献精神,在新时代能够得到传承!

王薇薇的世界

父母亲越来越苍老之后，王薇薇时常牵挂远在老家的他们；做了母亲之后，她牵挂最多的就是孩子。不知从何时起，她又开始牵挂她工作了十几年的通信机房，只要是离开一段时间，她的心就感到不踏实，老是担心有什么问题。这不，二〇一七年十月下旬，她到基地参加先进事迹报告会，然后又匆匆赶回成都，照顾视网膜脱落住院做手术的父亲，没等父亲病好出院，她就慌里慌张赶回南京上班。

　　小小的机房，"三尺机台"，像有一根红线，时时牵动着她的心魂。

比男同志还能拼

　　有位战友给王薇薇画了一张奇怪的素描——上面的她，跪着。对面还有两个战士，也是跪着的。

　　为啥跪着？那是二〇一六年四月份的事情，她怀二胎八个多月了，站里安排她给兄弟单位换岗过来的两个士官讲课，需要尽快让他们熟悉工作。讲到一套设备时，两个机柜之间空间比较狭小，她的身体又太臃肿，弯不下身子，柜子下面的参数看不到，而她又蹲不下去，她不想放过任何一个细节，无奈之下，只好缓缓地跪下来，给他们讲解。那两个战士不好意思了，干脆也跪下来听讲。

这一幕恰巧被战友们看到，有人灵机一动，趁他们不注意，给她画了这样一张素描。

还有比这个更"离谱"的场面呢——一张照片里，她竟然撅着大肚子躺在机房里的地板上。

不了解情况的人，或许会感觉她派头够大——怎么能够躺在机房里？太能摆谱了！其实也是那段时间，离预产期已不远，常州站一个机房搬迁，领导考虑到她对那边的网系比较熟悉，问她能否"亲自"跑一趟，现场指导一下。负责照顾她的婆婆不同意，说你这个样子，跑那么远，出个事咋办？想了想，她说，领导既然张口了，那就是信任我，但凡有别的办法，领导是不会搬动我的，再说我的身体我有数，不会有事的。

她一咬牙赶过去了。战士们看她挺着大肚子怪累的，找了把躺椅，让她半躺半坐着指挥。从早晨八点坚持到第二天凌晨五点多，后来实在扛不住，她干脆躺在机房地板上小眯了一会儿。这一幕，没想到给人"偷拍"了。

跪着讲课，躺着指挥，这只是王薇薇工作中的两个场景。

要说起来，也不算啥，但正是这两个细节，彰显了她的工作态度和敬业精神。她二〇〇五年从西安通信学院毕业后分配到位于南京的这个监控站，一待就是十几年。室内工作，风吹不着，日晒不着，雨淋不着，不了解情况的人，以为也不过就是看看机房、值值班，混混日子，能干出啥名堂？其实呢，外人不了解，机房站台虽小，却是军事重地，关系到整个网系的通信畅通与安全，可以说是个"核心"部门，任何一个点出问题，都会引起连锁反应；不管哪个波道出差错，他们这里最先显示发现，就得马上启动抢修程序，一刻也耽误不得。尤其军改之后，她所在的这个站监控范围更大，面更宽，所以和先前相比，责任更大，任务更重，操心更多。

二〇一七年十一月份，东部战区组织演习，一天早上八点多，这个台站负责的一条波道突然中断，导致某集团军信道阻断，因为这段线路跨越两个战区，处理起来比较棘手，到了下午三点多，业务还没恢复，值班员火急火燎地给正休产假的王薇薇打电话，请她过来看看。她一听就急了，丢下孩子，裹上大衣就往机房跑，忙活了两个多小时，终于恢复了通信。

作为站里技术过硬的工程师，这种救急的事儿，不能没有她。不管是风里雨里、白天黑夜，也不管是周末节假日，只要站里有事，值班员习惯喊她上，因此她得老是跑机房。至于深更半夜跑机房，那也就不足为奇了。

熟悉她的人说她："你真是比男同志还能拼。"

结婚头两年，她和公婆一块儿住，离单位比较远，有天夜

155

里一点多钟，熟睡中的她接到值班员电话，说有个设备坏了，业务已经启动自我保护了，不是很急。但是她一听就再也睡不着，穿上衣服骑自行车赶了过去，处理完故障，已是凌晨四点多，她再骑自行车回家补觉。

后来，公公婆婆看到只要一来电话，不论啥情况，不管啥时辰，她二话不说抬腿就走，尤其深更半夜的，一个女孩子走那么远的路，又没人陪着，怪危险的，想想都后怕，弄得一家人很不放心。于是，两位老人一商量，干脆在离连队几百米远的居民小区，给小两口租了一套两居室的房子，这样她再去单位救急，抬腿就到，方便多了。公公曾经是一名军人，为军队奉献了一辈子，对部队有感情，公公和婆婆对王薇薇的理解和支持，常常让她倍感温暖。因为有家人的支持，她工作起来从来不觉得有人拖后腿，从来都是能甩开手脚的，这也是她不断前行的动力之一。

就你事儿多

二〇一八年一月份，王薇薇休完产假回到站里，发现有些波道不通了，原因在于某些设备严重老化，一些板子坏了，而且型号太老，备品备件的生产厂家都停产了，没法修。她一看，这哪行呀！当即就从周边的南通、余杭等台站调通了几条备用信道，有备无患嘛。而恰恰就在当晚，从南京到天马的一条信道突然阻断，但因为白天她调通了南京经仪征、南通到天马的信道，业务被迅速代通，没有耽误事儿。

去年六月二十日，"东部行动"演习开始，上级通知她所在的站对用户进行银级智能化保护。面对一线需求，她感觉这样做还不够，还可以加加码，于是她和大家伙儿一起充分利用手里的资源，对这些信道一加一备份，形成了钻石级的保护。现在，任何一个信道阻断，五十毫秒就能切换到备用路由上，绝对的放心。截至现在，这个方向没出任何事儿。

作为通信兵，通是硬道理，不通零容忍。王薇薇体会到，要想保证线路时刻畅通，你就得保持时刻在线，随叫随到，所以她逐渐养成了二十四小时开手机的习惯。有人说她，你又不是领导干部，就是一个普通的技术人员，上班八小时，下班回家过日子，用得着二十四小时开机吗？操那么多心干啥呢？尤其是夜里，你开着机，睡觉都不踏实啊！半夜突然来个电话，全家人都跟着受惊扰。

她说，习惯是慢慢养成的，一开始，她也不是二十四小时开机，后来发现，单位突然有事，找不到人，值班的同志那个急呀！随着她的兵龄越来越长，业务能力越来越强，经验越来越丰富，机房突然来个事儿，值班员最先想到的一定是她，而如果她不在线，找不到她，人们能不急吗？就这么着，得有五六年了，从年头到年尾，她的手机一直是二十四小时开机，确保任何时候打电话，她都能接到。

更何况，她所在的旅是军改后新成立的，一年多来，网系不断扩容，她的朋友圈儿也在不断扩大，来自军兵种友邻台站

157

的业务骨干上百，一有什么急事难事，他们就喜欢给她打电话。有人开玩笑说，她的手机快变成10086客服电话了。还有战士半开玩笑跟她说："就你事儿多。"

说实在的，做了那么多，客户并不一定知道她和战友们背后的付出，但她就信奉一条：我们通信兵搞保障，要的不就是用户无感知吗？

当然也不乏幸福的时刻——去年除夕夜，王薇薇值夜班，下面一个台站的一名女战士打来电话，一上来就给她拜年。她感到吃惊——你咋知道今夜我值班？小战士说，从值班表上看到王技师除夕值班，就找领导专门把班调到同她一个班次，就是想借机跟她说一声谢谢，感谢她一年来对自己的指导帮带。而她并不熟悉这个女战士呀，无非是平时帮对方处理过几次业务，没想到，小战士挺有心。这个拜年电话顿时让她感到心里暖融融的。

她的心真大

一天晚上十点多，王薇薇正给孩子洗澡，机房打来电话，说有急事，让她赶紧过去一趟。丈夫不在家，她急忙给婆婆打电话，请老人过来帮助照看一下孩子。这边婆婆刚进门，鞋还没换，她丢下一句"孩子在澡盆里"，就一阵风似的出了门。第二天，婆婆半是责怪半是埋怨道："你的心真大。"

可不，把八个月的小孩子丢在澡盆里，也不怕孩子出个啥事儿。

王薇薇心里说，不是我心大，是机房的事儿不等人啊。

她的丈夫也是位军人，在基层工作，周一到周五回不了家，自从有了女儿立莹之后，她不忍心把孩子全丢给身体状况不太好的公公婆婆照看，晚上尽量自己带。夜里单位一旦有事，孩子没睡的话，就把她捎过去，她去机房干活，让别的女干部带女儿睡。有时一忙起来，找战友、找邻居帮忙照顾更是家常便饭。

有天晚上，十点多了，机房有事找她，她看到女儿睡得正香，一咬牙把孩子反锁在屋里，又担心孩子从床上掉下来，便用背包绳捆住她。回来后邻居告诉说，立莹哭了一个多小时，嗓子都哭哑了。思前想后，她有些后怕，于是就在家里装了一个三百六十度的摄像头，不得已把女儿一个人扔家里的时候，就用手机进行监控。细说起来，孩子跟着她这个忙三忙四的妈妈，也挺不容易的。

二〇一七年六月份，儿子出生，一下子照顾两个孩子，实在忙不过来。偏偏这时候丈夫工作中不慎摔伤左胳膊，落下残疾，家务活更是指望不上，本来丈夫在基层工作，家里根本照顾不上，他这一受伤，她还得分心照顾他。想想吧，两个孩子，一个受伤的丈夫，没完没了的工作，让她怎么办？

办法总比困难多，她打起了自己父母的主意——他们刚刚退休，身体还说得过去，为什么不加以利用呢？于是，她便跟丈夫商量，想把女儿立莹送回四川简阳父母那边读书。一听这个，双方老人都反对："南京条件好，把孩子送回小县城读书，还不误了孩子的前程！"听了老人们的话，她心里特别难过，但她思前想后，坚持把女儿送走，她说："要想孩子成为什么样的人，自己首先要做出榜样，我想成为孩子的榜样，一心一意做好本职工作，她长大了会理解妈妈的。"

她把女儿立莹送回简阳老家，陪女儿玩了几天，离开时，她哄女儿，说很快就来接她回南京。坐上车，望着女儿小小的身影，她忍不住流下眼泪。送走女儿后，每天只要有时间，她都要跟女儿视频一会儿。每逢放长假，就用民航公司的"空中小飞人"业务，把女儿从成都托运到南京。虽然女儿刚满九岁，却已经是一个人坐飞机的熟客了。每次到机场送别女儿，她都要克制住心中的酸楚，把美艳的笑容绽放给女儿，定格成一个幸福而温暖的瞬间。

转眼女儿已经在简阳生活了一年多，渐渐习惯了跟外公外婆一起生活，学习成绩也还不错。如今，王薇薇的儿子也一岁多了，因为工作原因，她经常跑机房，说走就走，照顾儿子颇感吃力，她不想再像当初对待女儿那样，夜里动不动把儿子捆绑在床上，而且公公婆婆身体不好，她也不忍心拖累二老，三个月前，她心一横，如法炮制，又把儿子送到简阳父母那边，让姐弟俩做个伴，同时她也能腾出精力做好本职工作。

在别人眼里，还是那句话——她的心真大。

说她心大，毋宁说她心胸宽广。她是个遇事拿得起放得下的女人，她身上有一种独特的气质，坚毅刚强，而又温柔多情。对她了解越深，越是被她感动。

生活就是这样，小小的机房"套"住了她，父母刚刚退休，原本打算时不常地外出旅游一下，国际国内走走转转，好好享受生活，却一不小心，被她的两个孩子结结实实给"套"住了。他们制订的计划，都打乱了。甚至连麻将也不能打了。

王薇薇一想起这事，就感觉亏欠父母太多。她唯有用更高的工作姿态，回报父母的恩情。

王薇薇是个典型的川妹子，快人快语，风风火火，性情执着，办事干练，她认准了的事情，坚决不回头。十几年来，和她一同分到站里的军校同学，不少已经"向后转"，而她一直坚守在小小的机房，默默无闻地付出，从来没想到索取什么。

说白了，这里只是一个维护岗位，相比于那些搞科研的人，不可能做出多大的成绩，也不可能获什么科技进步奖；相比军营，社会上的生活更加丰富多彩。有个早已经离开部队的同学，满世界到处转，曾经对她戏言道："世界那么大，与你没关系。"

女儿立莹有时在电话里嚷嚷："为什么爸爸妈妈都不在身边？你们给我转业回来！"小小年纪，就已经晓得"转业"这个词。说实在的，"向后转"，王薇薇和丈夫也不是没有考虑过，但是思前想后，她还是毅然决定：横下一条心，在小小的机房继续坚守下去，因为这里需要她。

是的，和平时期的军人，没有那么多的生生死死、轰轰烈烈，有的只是平凡中的坚守，日复一日，年复一年，在岁月的流逝中，体现自己的生命价值。王薇薇，便是一个默默的坚守者，在她眼中，这里一样有五彩斑斓的世界。

王薇薇的世界，是她的岗位。三尺机台，凝聚了她全部的追求和向往。工作着，是美丽的。她是一个美丽的军中女性，无论外表还是内心，她都一样地富有魅力，引人注目。

航天员刘洋

缘　起

二〇一九年九月四日上午九点，由中央宣传部、中央和国家机关工委、中央军委政治工作部、北京市委联合主办的庆祝中华人民共和国成立七十周年系列论坛第四场，邀请到了钱七虎、李保国、刘洋、付小兵、王占军五位军队的先进模范人物，可谓光芒四射，光彩照人。他们结合个人成长故事，围绕中华人民共和国成立七十周年来特别是党的十八大以来国防和军队建设发展成就座谈宣讲，并与网民互动交流。

这天上午，我紧紧盯着屏幕上的刘洋。眼中的她还是那么英姿飒爽、干练优雅、温润亲和。说实话，自从她巾帼不让须眉，圆满完成"神舟九号"飞行任务以来，这位我国第一位进入太空的女航天员，一直是我心目中的偶像。我收集了很多关于她的报道，还有她亲笔签名的航天纪念册。个人认为，她是当代中国青年女性励志的楷模，她把伟大的事业和中国女性独特的美丽结合起来，创造了属于她自己的成功和辉煌……

这天的论坛，刘洋从三个方面谈了她的成长经历和多年来的所感所悟。听她讲到"神九"任务出发前的某天晚上，她和丈夫"悲壮"地告别时，尽管对这个细节比较熟悉，但我还是忍不住再一次流下了眼泪……

她是闻名天下的女航天员，我是航天系统的一名工程技术人员，要说起来，我们都是航天人。以前曾经有好多次，我想写写刘洋，却终因各种原因，没有写下去。

这一次，我不想再找任何理由中止对刘洋的写作。

刘家有女初长成

我是在济南出生、长大的，地点就在英雄山西南方向的原济南军区空军大院。离大院不到两公里，就在英雄山路上，有一栋很普通很粗糙的建筑，楼顶上竖着"招飞中心"四个大字，这便是原济空招飞中心所在地。小时候，我经常到那里玩，我母亲作为济空司令部门诊部的医务人员，和招飞中心同属于司令部直属队，她在那里有好几个军校的同学，内部人都管它叫"招飞办"。招飞办负责山东、河南两省的飞行学员招收工作，山东、河南两省是我国的兵员大省，在招飞方面，自然也是个大户，从不落人后。三十年来，从这里迈进飞行学院大门的学员，有六千五百多名，据说已经有人成长为将军。

也许最令招飞中心感到自豪的是，从这里走出了刘洋、王

166

亚平、陈冬三名航天员。

一九九七年，我国招收第七批女飞行学员，对很多热爱蓝天的女孩子来说，这真是一个激动人心的消息，一时间，不少人跃跃欲试，但是招飞条件毕竟太苛刻，可以说，百分之九十几的人走不到最后。那一年，济空招飞中心一共选拔出十四名女飞行学员，这其中就包括刘洋和王亚平。

刘洋一九七八年十月六日出生于郑州市一个普通的职工家庭，父亲刘石林是郑州机床修配厂的助理工程师，母亲牛喜云是一家汽车制造厂的质验员，两口子都是老实人，父亲善良正直，工作兢兢业业；母亲质朴勤劳，做事情特别认真。刘洋小时候，外婆和她一家人一起生活，老人家没什么文化，但是个热心肠的人，善良朴实，处处替别人着想，给幼小的刘洋留下了深刻印象。

虽然是双职工家庭，刘家的日子却也是比较窘迫，长期住在只有八平方米的筒子楼里，冬天没有暖气，夏天像个蒸笼。如今的刘洋父母家中，至今保存着一张"奇特"的书桌，那是一张蓝色油漆的木质书桌，奇特的地方就在于它的桌面只有大约十厘米宽，不到一米长。因为一家人"蜗居"的空间实在太小，除了一张双人床、一张饭桌，房间里几乎放不下其他东西，为了能让刘洋有个学习的地方，母亲特意设计了这张书桌：普通书桌的书柜门是横着拉开的，而这张书桌的门是向下开的，当刘洋需要学习的时候，就把书柜门向下打开，门板就变成了一张桌面；不需要的时候，就把书柜门合上，既美观，还起到节省空间的效果。就是在这张奇怪的书桌旁，刘洋度过了从小学到初中毕业整整九年时间，虽然现在已经斑驳掉漆，不再使用了，但刘洋的母亲依然舍不得丢掉它。

长大以后，刘洋回忆说，小时候虽然家庭条件不好，但一家人和和睦睦，和邻里关系处得也不错，父母教会了她人生中最重要的东西：认真做事的态度，和一颗懂得感恩与回报的心。

刘洋从小就乖，在大人和老师眼里，是个安安静静的乖孩子，她上小学一、二年级的班主任白凤芝老师回忆说，这小妞儿可乖巧，说话也好听，是个全面发展的学生，不仅语文、数学从没低于九十八分，还会跳舞、踢毽子、唱歌，啥都会。最让白老师感到难能可贵的是，刘洋很懂得感恩，与她的联系也从未间断过。即使是刘洋上了大学之后，也仍然主动联系老师，放假还会去家里探望。就连工作后，因种种原因，联系不便，她还经常委托母亲转达自己对白老师的关心和问候。一张刘洋赠送的贺卡一直在白凤芝手中保存了很多年，她时常会拿出来看看，上面写着："赠白老师：祝，身体健康，万事如意，佳节快乐，青春常驻；南国水暖，北国冰寒，师生情谊，长存心田。"话语虽不长，但白凤芝每每读来内心都是暖暖的。由于年代久远，纸张早已泛黄，字迹也有些模糊，但她仍然视若珍宝，刘洋是个让她一辈子都感到骄傲的学生！

小学期间，刘洋多次被评为"三好学生"和"优秀少先队员"。在全市小学生象棋比赛中还获得过冠军，赢得了一套小象棋，这是刘洋能记起来的第一个奖品。

六年的小学时光飞逝而过，成绩名列前茅的刘洋被保送到了当地的一所重点中学——郑州三中。王秀菊是刘洋在中学时期的班主任，也是一名物理老师。第一次见到刘洋时，王老师就对这个稳重的女孩留下了深刻的印象，"她不像别的孩子一样喜欢穿花花绿绿的衣服，热衷于打扮自己，反而衣着、举止都很朴素"。中学时代的刘洋，延续了她小学时代的优秀，好学、上进、有毅力，也因此奠定了她学理科的基础，成绩也一直都是班里的前几名。

初二那年，刘洋得到了人生的第一笔奖学金，整整十元钱！在那个时候，对于一个上初中的孩子来说，十元钱已经是数目不小的一笔钱了，可以买好多好多零食，外加一些学习用品。然而孝顺的刘洋并没有拿去买零食，也没有买学习用品，反而一下课就直奔商店，给爸爸买了一双白色的球鞋，因为细心的她很早就发现爸爸的球鞋破了，却一直不舍得换新的。她也知道，爸爸是想把钱省下来，供全家生活用，多为她买点儿好吃的，她正长身体呢！可以想象，当刘石林收到女儿的礼物时，他很欣慰，也很感动，自己的女儿越来越懂事了！后来，升入初三，刘洋又一次拿到了十元奖学金，这次，她给母亲也买了一双球鞋。

刘洋所在的班级大约有七十名学生，在同学们的眼中，刘洋的人缘是比较好的，和大家都相处得很融洽。只要向刘洋请教问题，她每次都是有问必答，耐心讲解。老师们也喜欢经常叫她到讲台上去分析某道题的解题思路和方法步骤，很好地带动了班里的学习氛围。

一九九四年，刘洋初中毕业，被保送到了郑州十一中，他们全家也搬到了货站北街五十九号院一号楼三单元的一套面积约八十平方米、两室两厅的房子里。这是二十世纪九十年代初建起的家属院，七层高的楼房，灰色的砖墙，蓝色的玻璃窗，是郑州市千千万万个居民院落中普通得不能再普通的院落了。刘洋就在这里，度过了她紧张而又充实的三年高中生活。

李风云是当年刘洋上高中时的语文老师，李老师说，刘洋低调、内敛，无论做什么事情都很认真，遇到一个问题不明白，哪怕是一个字拿不准，都会追着老师问，一遍没弄懂，就再问第二遍，直到弄明白为止，绝对不会不懂装懂；她特别遵守纪律，高中三年从未请过假，也从未迟到早退。她不出风头，几乎从不犯错，想不起她被哪个老师批评过。

刘洋读高中时，家中的住房条件虽然明显改善，但是经济条件似乎更糟，因为父亲所在的厂子快要破产，母亲的单位效益也不好，供养刘洋读书有些困难。这时，父亲刘石林在闲暇时，就拿着气筒、锤子等工具，在货站北街街头摆摊修自行车。白凤芝老师多次碰到刘父出摊修车，有时累得满头大汗，一天也挣不了几个钱。父亲的辛勤劳作更加激发了刘洋的学习热情，她知道，只有锲而不舍地努力，才能有好的前途和未来。

郑州的冬天，寒风刺骨，呵气成霜。家中冷得厉害，刘洋的手上和脚上长出了冻疮，又疼又痒，但是即便如此也依然抵挡不住她那颗热爱学习的心，为了保暖，她就用被子裹住腿脚，丝毫不受外界环境的影响，在知识的海洋中徜徉，如痴如醉。当夜幕降临，家属院中也渐渐安静下来，刘洋房间里的灯总是很晚才熄灭。

就这样，在艰苦而又紧张、不乏温暖和亲情的环境中，刘洋出落成一个文静、稳重、倔强、美丽的大姑娘啦！

从没有想过能当飞行员

高考是青年人迈向人生的关键而重大的一步。从郑州市优秀团干部到市级三好学生，刘洋的成绩一直长期稳定在班级前十名，如果不出意外，未来考上一所重点大学是绝对没有问题的。她身边所有的人都这么认为。

梦想是人生的翅膀。谈到小时候的梦想，刘洋仍然清楚地记得，自己小时候最大的梦想是当一名公交车售票员。这个想法的萌生起源于公交车在城市中还未普及的年代，在母亲带领下她第一次坐上了公交车，坐着公交车在城市中逛悠的感觉太棒了！当上公交车售票员，可以天天坐着汽车在郑州市逛悠。

随着年龄的增长，她的梦想也变得多了起来，从想当一名教师，桃李满天下，到想成为一名律师，扶弱济困，为弱者呐喊等等，却从没有想过自己会与飞行结缘，最后又成为一名航天员。这还要得益于她高中时期的班主任武秋月老师。

一九九七年，对于刘洋以及和刘洋同龄的孩子们来说，这一年的六月，他们将要参加高考，是极为关键的一年。于刘洋而言，她不允许自己出现任何失误，全力以赴、心无旁骛、紧张备考。但是就连她自己也不曾想到，她的命运在这一年发生了重大转变。

高考前几个月，一家航空公司来她所在的学校招收飞行员，这项神秘并带有挑战性的职业深深地引起了刘洋的注意，她决定去试试看。在公司提出的所有招生条件中，不论是学习成绩还是身体素质，刘洋都符合要求，但只有一条"只招男生不招女生"，将刘洋拒之门外，让她内心十分窝火，也感到不服气，她想："有什么了不起的，凭什么只招男生，如果招女生，我一定行！"

这事被细心的武秋月老师看在了眼里。

没想到，时隔不久，空军开始在全国选拔第七批女飞行员，目标就从应届高中毕业生中产生，当然要经过极为严格的身体检验和文化考试。消息传到郑州十一中，武秋月认为刘洋成绩好、视力好，身高也符合标准，便鼓励刘洋去试一试，并给刘洋报上了名。

就这样，刘洋等同学在老师的带领下，坐火车到济南，来到了济空招飞中心，参加各项体检，体检过关后，还有严格的政审。刘洋幸运地一路过关斩将，眼见身边的竞争者一轮接一轮地被淘汰，留下的人越来越少，最终，刘洋从众多的报名者中脱颖而出，只等高考成绩一出来，即可定夺。

但是，刘洋的父母此时此刻内心却是矛盾的，他俩都是普普通通的工人，对飞机这个高科技的东西一无所知，对飞行员的了解更是少之又少，不知道女儿当飞行员到底是好还是不好，会不会有危险，女儿成绩这么优异，应该上个名牌大学的。那天晚上，两口子竟然失眠了。

一个偶然的机会，他们碰到了一位机场退休的工作人员，和人家聊了三个多小时，人家告诉他们，孩子以后会有出息的，要他们放心。这仿佛给他们吃了一剂定心丸。班主任武老师也开导他们，机会难得，考大学的机会有的是，但是当飞行员的机会可能就只有这一次，要抓住机会。他们这才打消了顾虑。

其实，刘洋内心早就打定了主意，既然她愿意去济南参加体检，那么她就有信心有勇气当好一名翱翔蓝天的女飞行员，让自己的人生多姿多彩！

最终，刘洋不负众望，以超过当年地方重点院校录取线三十多分的好成绩，顺利被空军长春第一飞行学院录取，开辟了她人生中的新天地。

刘洋成为那年郑州市唯一一名被录取的女飞行员，也是中华人民共和国成立以来，空军在河南招收的首批女飞行员之一。当时在校园里引起了强烈的反响，刘洋出名了！一九九七年八月二十日的《郑州晚报》上登载了这个消息，标题为"我市将有第一位女飞行员——刘洋好样的"。

多年后，刘洋曾回忆，这次机会对于她来说可谓是"峰回路转"，彻彻底底改变了她的人生。

军校生活

初入军校，那里的生活让刘洋感到很不适应，与自己上大学前在家中一遍又一遍憧憬的美好生活简直是天壤之别。每天都在重复着同样的事情，枯燥且乏味。更要命的是高强度的体能训练，让她根本吃不消。就先天条件而言，刘洋的身体素质并不比其他人优越。在当年与她一起考入长春航校的同批女飞行员之中，有相当一部分是体育特长生，还有一些拥有国家三级运动员证书，而她的体育成绩在高中却并不是很好，跑八百米也是刚刚及格，这些优秀的战友无疑给她带来了巨大的压力，自己的队列走得不行，体能也不行，跑步也是最后。用她自己的话说就是：简直不知道自己为什么要来这里？

作为家里的独生女、父母的掌上明珠，虽说家境一般，但是父母从小没有让她受过苦。于是写信向好朋友抱怨，说她想不明白仅仅为了一个小小的摆臂动作，就要在烈日下一站好几个钟头；跑步、拉单杠……每天都累到腿发抖、手发软，连说话的力气都没有，这是自己想要的生活吗？这样的生活到底有什么意义？称自己从幸福跌到了谷底，一点儿也不开心，感觉来这里是个错误的选择。

终于等到了好朋友的回信，刘洋盼这封信盼了好久。好朋友在信中说道："你知道我们是多么羡慕你吗？你已经有了非常明确的目标，就是要成为新中国的第七批女飞行员。我们还在寻找自己生命中的玫瑰园，而你却早已拥有了一片沃土，只要好好浇灌，玫瑰终将盛开。"她用了一个晚上的时间好好地思考、琢磨、消化好朋友的这番话，终于幡然醒悟，是啊，我的目标就是成为一名优秀的女飞行员，不能再这样萎靡不振下去了，要用积极向上的心态去投入新的生活，改变当下。慢慢地，她发现，生活从来都不曾改变，可是看待生活的心变了，一切就都变得美好了。

和其他运动员出身的战友相比，刘洋的弱项就是跑步。军校高强度的长跑训练，对她来说似乎就是一条难以逾越的鸿沟。

刘洋至今仍清楚地记得第一次跑万米时的场景。当时的感觉用"痛不欲生"一词形容都不为过。那天，她拖着仿佛重逾千斤的双腿，揣着一颗似乎要蹦出胸膛的心脏，扯着风箱一般的呼吸，喉咙干得像着火一样，非常痛苦。只能不断激励自己，绝不能停下，再跑一圈，再跑一百米……她就是用一圈、一圈、一百米、一百米来鼓励自己跑下来的。

起点落后，并不意味着终点一定落后，要想超越，唯有加倍努力。勤能补拙，哪里不行，补哪里。

当其他战友花费两个小时进行长跑训练的时候，刘洋就花费三个小时，每天跑步的公里数多于其他战友。她还主动给自己增加运动量、增加难度。北国长春的夏日，尤其是白天，并不凉爽，时常骄阳似火，烈日下，她在操场上运动，衣服湿了又干，干了又湿，前胸后背留下了片片汗碱。长春的冬天，更不用说了，风刀霜剑，跑步呼出的热气在她的帽子上和睫毛上凝结成粒粒冰霜。她已经记不清有多少个夜晚，当别人完成任务，休闲放松的时候，她还拖着笨重的双腿、迈着沉重的步伐、喘着大口的粗气，在运动场上一圈又一圈地全力冲刺，加班苦练。在她的心中一直有一个信念，不断鼓励着她，坚持，坚持，再坚持。但无论多慢，无论多晚，都绝对不会停下前进的脚步，因为要想有所超越，唯有加倍努力。记不得有多少次，她拖着沉重的双腿上楼，再把双腿费劲地搬到床上……

如果这个世界真的有什么奇迹，那么，那只是努力的另一个说法。

在一年半之后的转校考试中，刘洋的体育成绩项项全优。

训练之余，刘洋还加入了女飞行员乐队，学习黑管。此外，还参加军校组织的英语演讲比赛，并获得了二等奖。

一名合格的飞行员要求体力、智力、精力这三个方面都要非常过硬，因此刘洋在注重体能训练的同时，也在循序渐进地进行飞行训练。

跳伞是每位飞行员必备的技能，对于第一次接触跳伞这一科目的刘洋来说，害怕紧张是在所难免的。在跳伞的前一天晚上，她给家里打了个电话，在电话里，她向父母表达了自己内心惴惴不安的心情。父母安慰她："不就是跳伞嘛，安全得很，更何况有教员在，你可以的，只管放心大胆地跳。"有了父母的加油打气，刘洋的心里瞬间踏实了很多。她可能并不知道，在她跳伞的那天，她的父母哪里都没去，连班都没上，就守在电话旁，等到了很晚，直到她打电话过来报告跳伞很顺利，他们悬着的心才放了下来。

从本质上说，刘洋是坚强的，她并不娇气。航校四年，绝大多数同学的父母都来队看望过自家宝贝，唯独刘洋，从来不让父母赶来看望她。

就这样，刘洋在军校中完成了从一名普通的地方青年，到一名合格飞行员的华丽蜕变，四年的军校生活教会了她不少东西，为她以后的飞行之路打下了坚实的基础。

危险无处不在

二○○一年六月底，刘洋和同学们告别了航校，分配到有着"女飞行员摇篮"之称的广空航空兵某师，成为应急机动作战部队的一名飞行员。从此，刘洋更加刻苦地钻研飞行技术，珍惜每次飞行的机会。仅仅一年之后，二十四岁的她便成为同批女飞行员中，第一个执行远程跨区重要保障任务的女飞行员。

飞行员是翱翔蓝天的天之骄子，同时他们也是离死神最近的人。"每一次飞行升空，每一次返航着陆，都是一次挑战，都是一次涅槃。"刘洋感慨道。抗震救灾、消云增雨、空投伞降、实兵演习……一次次飞翔，飞出了人生的美丽航线；飞机撞鸟、机翼结冰、刹车失效、发动机震动，一次次行走在危险的边缘，一次次经历生死考验，一次次升华着勇气和力量。

二○○三年九月十日的那天，让刘洋到今天都印象深刻。那次的飞行训练中，在仪表着陆连续起飞的时候，刘洋发口令"收起落架"，紧接着，突然听到"砰砰"的几声响动，座舱玻璃上鲜血四溅，座舱里弥漫着一股让人作呕的焦煳味，随即，飞机开始剧烈地抖动起来，扭力下降，温度升高。

刘洋迅速做出判断：一定是飞机撞鸟了！

飞机撞鸟是飞行中的大忌，小小的一只鸟很可能会造成机毁人亡，后果不堪设想。

刘洋虽说平时对飞机撞鸟后的操作研究得比较多，但这些仅仅停留在理论层面，从来没有实际操作过，面对突如其来的险情，内心再强大的人也不可能不慌张。刘洋凭借着过硬的心理素质，深呼吸，迅速调整好自己的心情，尽快恢复了镇定，按照之前教官教授的方法调整另一侧发动机的马力，边使飞机的高度慢慢上升，争取处置时间，边向地面指挥员报告飞机的情况，并且随时做好迫降的准备。在机组密切协同下，十一分钟后，刘洋把飞机平稳地降落到了跑道上，滑行进停机坪关车之后，飞机再也无法启动了。

事后，经查明，飞机在刚收起起落架时突遇一大群鸽子，一下子撞死了二十一只！由于它们在空中的相对速度非常大，叶片被撞断，打坏了一台发动机，并且堵住了近三分之二的进气口，机头的下方也被撞凹了一个坑。在这种情况下，是相当危险的。这次的险情，由于包括刘洋在内的机组成员处置得当，用最短的时间尽快着陆，保证了飞行安全，真是不幸中的万幸。

当问到刘洋当时在那种情况下，内心到底有什么样的想法时，她说："当时看到飞机的状态还可以，被撞的那台发动机还有马力，心里就不是那么紧张了，而且整个机组成员也都很镇静，大家分工明确，我做好我自己该做的工作就可以了，保持好飞机的状态，我对自己有信心，一定能把飞机飞回来。"

越是紧急的情况，越能考验一个人。

飞行途中，天气往往起到至关重要的作用，很多飞行事故都是由于天气恶劣引起的。

在二○○九年的一次支援地方建设的任务中，刘洋接到上级命令：最快速度赶到西安实施人工降雨。可是天公不作美，刘洋驾驶飞机从武汉起飞时就开始下小雨，没过多久，机身开始结冰。由于冰很厚，加温等常规的除冰办法起不到多少作用，这个时候，要求飞机不能有一点儿晃动，一晃，速度就往下掉。

继续执行任务，有相当程度的危险；返航，久旱的西安还在等着"人降甘霖"。最终，刘洋决定不返航，继续向前飞。同事们负责选择最近的机场以备降落，而她，则死死把着驾驶杆，根据不同气流修正，保持飞机平稳飞行。

再坚持一下，下一秒奇迹就会出现。

奇迹真的出现了。

前方的云层渐渐变亮了，阳光从云间的空隙中洒落下来，看着都觉得温暖。刘洋悬着的心也如释重负，险情解除了，任务也能如期完成了，她感到了前所未有的轻松。两分钟后，云缝真的慢慢打开了，太阳露出了它娇羞的面庞，机身上的冰很快便融化了，刘洋这才发现，自己的手心里全是汗。

还有一次，在飞机着陆时，一只起落架突然收起，瞬间浓烟滚滚，火花四溅。她临危不乱，成功地处置，最后安全着陆。

从一九九七年到二〇一〇年，刘洋在空军整整飞行了十三年，飞行时长达一千六百八十个小时，是同期女飞行员中飞行小时数最多的人，而且她能飞四种机型。当她把军用物资一次又一次准确地投向预定地点，当洁白的伞花在空中绽放，年轻的伞兵安全着陆时，当她刺破层层乌云飞翔在危险边缘，一次又一次为干涸的大地洒下甘霖时，她深深体会到了作为一名飞行员的人生价值。那些无处不在的危险也并没有成为阻挡她继续飞行的障碍，反而让她在这条飞行之路上越走越远，对蓝天和飞行事业的爱也越来越深，她的理想就是有朝一日能够飞遍祖国所有的机场。

从天空迈向太空

二〇〇九年，国家开始招收选拔第一批女航天员。听到这个消息后，刘洋毅然报了名，因为她渴望飞得更高，渴望成为离太阳最近的人。彼时，世界上已经有五十六位女航天员飞上太空，其中美国四十六人，苏联和俄罗斯三人，加拿大、日本各两人，英国、法国和韩国各一人，而中国则为空缺。中国综合国力和科技实力的提高，注定我们必须尽快有自己的女航天员。

刘洋暗暗发誓：自己要立志成为中国第一位女航天员。

众所周知，选拔飞行员就已经十分严苛了，选拔航天员更是严苛百倍，甚至千倍。女航天员的选拔条件与男航天员相似：有坚定的意志、献身精神和良好的相容性，空军飞行员，飞行成绩优良，无等级事故，最近三年体检均为甲类，身体条件上要毫无瑕疵，甚至疤痕、口气、蛀牙及脚茧都不能有。此外，还要求五官端正，语言清晰，无药瘾、酒瘾、烟瘾，不偏食，易入睡，等等。出于对心理成熟度的考虑，选拔标准还包括"已婚"……

在如此严格的条件下，刘洋竟奇迹般地入围候选人之列。

与其说幸运之神又一次降临到了刘洋的身上，还不如说幸运是留给有准备的人。

经过多方面、多角度的考核、测试、面试等，刘洋一路过关斩将，成为我国第二批航天员、第一批女航天员之一。

直到部队派人前去家中家访前，刘洋才打电话将这个消息告知父母。

电话的那一头，老两口长长地叹了一口气，没有再说话，刘洋感到空气仿佛瞬间凝固了。她理解父母的心情，这些年来，她在外飞行的日子里，和父母聚少离多。有多少个日日夜夜，父母为她担心，为她失眠。在外人看来，家里出了个飞行员，是件多么让人骄傲的事情啊，可是，在光鲜亮丽的外表下面，对于飞行员的家属们来说，个中滋味也许只有他们自己才知道。可怜天下父母心，每个父母都希望自己的孩子健康快乐、平安幸福，大概没有谁会渴望成为英雄的父母。

长久的沉默后，父亲说："孩子，你也长大了，我们也老了，如果你真的想好了，决定了，我们尊重你的选择，我们永远是你坚强的后盾。"父亲的一番话，顿时让电话另一端的刘洋泪如泉涌。她决定用自己的实际行动向父母证明自己的选择，无怨无悔。

二〇一〇年五月，刘洋正式加入了中国人民解放军航天员大队，成为一名光荣的航天战士。在这之前，她非常激动地看着"神五""神六""神七"发射，但是她怎么也想不到，有一天，她能成为他们中的一员。

当自己还是飞行员的时候，刘洋觉得自己是离天空最近的人。成为航天员之后，她才发现从天空迈向太空，自己还有很长很长的路要走，绝不是一个轻松的过程。

脱下飞行服换上了航天服，对于刘洋来说，意味着来到了一个新的领域，一切都是空白。她深知过去的辉煌，只能代表过去，不能代表将来。要抛开所有的成绩，一切从零开始。

脱胎换骨

来航天员大队之前，她想到了困难，但没想到，会是那么的困难！

"天梯"无捷径。从一名优秀的飞行员到一名优秀的航天员，那个过程，真可以说是一场炼狱般的脱胎换骨。

初来乍到，航天员大队令行禁止的管理规定、索然无味的理论学习、高强度的训练，都让她始料不及，很不适应。她只有快速调整好心态，一头扎进学习训练之中。

仅基础理论学习，一年内就要掌握相当于大学四年的课程。那段时间，刘洋的脑海里只有两个字：学习。睁开眼睛就是学习，闭上眼睛还是学习，满脑子都是航天理论和技术知识。休息日在刘洋眼里就是工作日，她严格要求自己，从没有睡过一天懒觉，从没有在十二点前关掉过书桌上的台灯，也基本没有迈出过航天城的大门。在别人休闲娱乐的时候，在别人逛街购物的时候，在别人游山玩水的时候，她都在伏案学习，把一天当作两天，甚至是三天来用。只有在大年三十那一晚才能有放松的休息时间，痛痛快快地看一场春节联欢晚会，大年初一又会早早地坐在书桌前，开始了一天的学习任务。如果问她北京的当代商城在哪里，她肯定不知道，问她航天理论，她却对答如流。

除了枯燥的理论学习，还有复杂的技术操作。

在飞行中，航天员必须要做到操作准确无误，出一点儿失误，造成的后果都是难以估计的。只有做到精心精心再精心，不断地重复重复再重复，才能练就顶呱呱的技术操作本领。

每天，在学习理论知识的同时，刘洋还要成百上千次地重复着同样的操作，模拟同样的程序，就连做梦，梦到的也都是"神舟"飞船和"天宫一号"。熟能生巧，每天的刻苦练习换来了闭着眼睛都能清楚地知道每个按钮的具体位置，是什么形状、什么颜色、什么功能，并且能够准确无误地操作。

对于刘洋来说，理论学习和技术操作虽然很难，但是只要付出努力，就一定会有收获，真正具有挑战性的是各种身体适应性训练，每次训练带给她的都是煎熬。

转椅训练是为了增强航天员的前庭功能（人体平衡系统），使航天员能够更加适应太空环境。此项训练对飞行员来说，只需要做够两分钟，也没有头部运动；对航天员来说，标准提高到了十五分钟！还要叠加头部运动的刺激，常人可能连一分钟都承受不了。

刘洋当时还是对自己自信满满的，认为自己前庭功能还是不错的。但当第一次转椅尚未做到五分钟的时候，随之而来的恶心、眩晕，瞬间让她感到无法呼吸，脸色也突然变得苍白，满头是汗。她暗示自己一定不能吐出来，因为教员说过，一旦呕吐，身体就会产生记忆，后面的训练将会产生条件反射。她不断地分散自己的注意力，想象自己在美丽的海边欣赏风景……五分多钟的训练最终坚持了下来。今天的训练算是挺过去了，然而下来后却是整整一天吃不下饭，老觉得脚下晃悠，忍不住就要摔倒的样子。她忍不住哭了，一边哭一边想，难道我真的选错了吗？难道我真的过不了这关吗？

过了六分钟、七分钟，后面还有八分钟、十分钟、十二分钟、十五分钟。每一分钟的增加，都得让人脱一层皮！那段时间，转椅训练使刘洋消瘦了许多。常常一整天下来，人无精打采的，没有任何胃口，也不想和别人说话，心情糟糕到了极点，她越发怀疑自己选择的路是错误的，因为这个坎儿她感觉自己过不去了。

细心的同事发现了刘洋的失落，他们告诉刘洋："我们航天员也是普通人，一样会疼、会累、会难受，只是我们更懂得坚持，更懂得热爱。"老大哥们的话真是一语点醒梦中人！是啊，哪怕再累再苦，也不能忘记自己来到这里的初心。

为了提高前庭功能，刘洋在训练学习之余坚持单独练习"打地转"，训练时长也从原来的五分钟，到八分钟，再到十分钟，渐渐提高到了十二分钟。为了提高头低位耐力，每天睡觉她都扔掉枕头，垫高脚。早上起来对着镜子中的自己大声喊："加油，加油。"晚上睡觉前问自己："今天你努力了吗？"……

最终，她做到了，成功挺过了十五分钟，以优秀的成绩通过了这项考核。

除此之外，离心机训练、超重训练等一系列的训练，也像一个个拦路虎挡在她面前，哪一关都不好过。比如刚开始进离心机做超重耐力训练时，短短几十秒，六倍重力加速度的负荷就已经让她像跑了万米一样双腿发软，精疲力竭。为了适应超重训练，她每天坚持练习腹部和腿部力量，向杨利伟等首批航天员请教经验，用心体会每一次训练过程，向教员请教不同的对抗方法……

一项项的关口，都在刘洋不服输的拼劲儿下逐渐通过，她从来没有因为自己是女航天员就降低训练标准，因为她知道男女有区别，但是太空环境不会对男女航天员区别对待。每天，她都是第一个到训练场，最后一个离开。

成功的背后，是努力的付出；而努力，恰恰孕育了成功。

刘洋用两年的时间追上了两位搭档十四年的训练成果，顺利完成了基础理论、航天环境适应性、航天专业技术、飞行程序与任务模拟训练等八大类几十个科目的训练任务，以优异成绩通过航天员专业技术综合考核。

二〇一二年三月，刘洋入选"神九"任务飞行乘组。那一刻，她觉得，过去两年里，那些搬着双腿上楼、连做梦都是实验和操作的日子，显得那样的意义非凡、那样的弥足珍贵。她还想到，有一种幸福，叫作被祖国和人民需要的幸福，那是个人梦想融入祖国荣耀的幸福，这才是人生最大的幸福！

女人背后的男人

如果说每一个成功男人的背后，都有一位不辞辛劳的女人，那么每一个成功女人的背后，似乎也一定有一位默默付出的男人。

刘洋的爱情要从她二〇〇一年六月刚分到部队之后说起……

那个时候，刘洋很活跃，经常参加文艺演出或主持节目，由于擅长朗诵，便加入了广播站。

也许是命运的安排，一个身高一米八左右的湖北小伙子张华走进了刘洋的生活。

那时，张华在政治部门主管宣传工作，一来二去，就认识了刘洋。张华材料写得好，刘洋演讲讲得好，两人在工作中配合默契，接触多了，两人擦出了爱情的火花。

二〇〇四年四月二十四日，于刘洋而言，是一个特殊的日子。因为这一天，是她和张华结婚的日子。

没想到却发生了一个小插曲——

四月二十二日这天，刘洋还在执行飞行任务，任务结束后，她向单位提出申请，希望二十三日休息一天准备婚礼相关事宜。

一切看起来都很顺利。

当天傍晚，刘洋正和张华商量婚礼上的一些事情，丁零零、丁零零……急促的电话声打断了他俩的谈话。刘洋拿起电话，只听到电话里传来领导火急火燎的声音："刘洋，原定明天执行飞行的那位同志生病了，事发突然，你能不能顶上去？"刘洋想都没想，便一口答应下来，因为她知道，如果她不顶上去，这架飞机将无法完成任务。

挂了电话，她却支支吾吾的不知道如何向爱人开口。在张华的再三追问下，她最终说出了实情，没想到张华却对她说："没事，你不要有任何顾虑，工作重要，布置婚礼的事情交给我，你不用操心，你只管回来当新娘就可以了。"爱人的支持，让刘洋感动不已。

二十三日晚，刘洋顺利完成了最后一个飞行架次后，安全着陆。虽然感到有点儿累，但是想想自己明天就要和心爱的人结婚了，连走路的脚步都变得轻盈了起来。二十四日上午，她身穿洁白的婚纱，与张华举行了婚礼，她觉得自己是世界上最幸福的女人。

婚后的日子，虽然两人在同一个部队，但是不在同一个单位，夫妻见面的机会不算多，所以每次的见面都显得弥足珍贵。周末一起逛逛街、吃顿饭、看场电影，对他们来说，就已经算是最最浪漫的事情了。

在刘洋当飞行员的时候，张华从事飞行的地面保障工作，来到北京后，刘洋成为航天员，张华又来保障航天员。因为训练任务紧张，刘洋依旧不常住在家里，但对于张华来说，已经很满足了，至少每天都能见面。

航天是个伟大而特殊的事业，可往往一个人加入了航天大军，成为航天人，全家就都成了航天人。从刘洋加入这支队伍的那天起，张华就在自己繁忙的工作之余，担起了家里所有的担子。由于航天员的训练比飞行员要严格很多，刘洋的辛苦，张华看在眼里，疼在心里。刘洋备战任务的两年里，为了不让妻子分心，张华主动承担起家中的一切——日常家务，照顾父母……事无巨细，任劳任怨。这两年里，妈妈住过院，爸爸也做了一次手术，爷爷在郑州去世……可所有这一切，她当时竟然都毫不知情。张华隐瞒了一切，承担了一切，只是为了能让她全身心地投入训练。

对于刘洋来说，丈夫不仅在生活上对她照顾得无微不至，还是她的陪练员、考核员和心理辅导员。

她的体能是短板，为了补短板，张华常年坚持晚上陪她一起锻炼体能，跑步、打地转、练蛙跳。刘洋至今还常常回想起在大雪纷飞的冬日，他们两个人在操场上一圈一圈地奔跑，身后留下了串串脚印。多少次，他陪着刘洋在无人的操场上大声呐喊，释放压力，喊出了梦想，喊出了自信和力量。

由于要记住大量的数据和理论知识，丈夫又充当起她的考核员，他提问，她回答，以至于后来他也能背下很多航天飞行数据。在丈夫的帮助下，刘洋进步得很快。

此外，在刘洋感到压力山大、焦虑困惑的时候，丈夫还是她的专属心理辅导师，为她疏导郁闷心情，排解不良情绪，让她能够重拾信心勇气，全心投入备战。

结婚这么多年来，两人的感情一直很好，从没有吵过架。刘洋说："自己能有今天的成绩，得益于丈夫和家人的支持。如果要给丈夫打分的话，满分是一百分，我就给他打二百分。"

夫妇二人一路同行，在她奔向梦想的道路上，一直有一双眼睛无比信任地注视着她；一直有一双温暖的手紧握着她的手，给予她力量和爱……

二〇一二年三月，刘洋被确定为"神九"首飞梯队航天员。当得知她要代表亿万中国女性出征太空时，她感受到了莫大的幸福和荣耀。

为祖国出征太空

二〇一二年六月，中国酒泉卫星发射中心。

"神舟九号"飞船与"天宫一号"载人交会对接任务正在紧锣密鼓的筹备之中。"神舟九号"飞船、"长征二号"F遥九运载火箭组合体，已从酒泉卫星发射中心载人航天发射场技术区垂直转运至发射区，此次任务进入到最后的准备阶段。"天宫一号"目标飞行器也已于六月初降轨至对接轨道，等待"神舟九号"飞船前来相会。

这次的任务意义非凡，举世瞩目。

我国将首次有一位女航天员进入太空，三名航天员将在"天宫一号"内进行实验操作。这在我国航天史上是头一回。

作为首位即将登入太空的女航天员，需要面临体能等更多的挑战，但在刘洋看来，男性虽然在体力、耐力和爆发力方面占有优势，但女性较男性更加认真、细腻、有韧性，同时，女性的冲突性低、亲和力强，这对于在太空中狭小的空间工作和生活，都是非常好的特质。俗话说得好：男女搭配，干活不累。

二〇一二年六月九日，是他们离天北京航天城，前往酒泉卫星发射中心的日子。

刘洋永远不会忘记，那天在北京航天城回荡着的《祖国不会忘记》这首歌的动人旋律。歌中唱道："在茫茫的人海里，我是哪一个，在奔腾的浪花里，我是哪一朵……不需要你认识我，不渴望你知道我……祖国不会忘记，不会忘记我……"

那一刻，她强忍住想要夺眶而出的泪水，向送行的亲人和战友挥手告别。出发了，即将奔赴战场了！她想起之前看过的一篇文章：有人问孙悟空："大圣意欲何为？"孙悟空回答："踏南天，碎凌霄。"那人又问："若一去不返？"孙悟空回答："便一去不返。"是的，她也做好了一去不返的准备，此去天路迢迢，纵使千难万险，纵使粉身碎骨，她也无所畏惧。

有人曾问过她："你难道真的就不怕死吗？你有没有想过可能会回不来？"

外人有所不知，载人航天确实是一项高风险、高危险的事业。目前全世界上过太空的五百多名航天员中，有二十七人在执行任务和训练时不幸罹难，训练中受伤率高达24.6%。她一直无法忘记，刚加入航天员大队时，杨利伟就曾这样说过："只要祖国需要，哪怕只有百分之一生还的机会，我也会义无反顾。"正是因为有了这种大无畏的英雄豪情和胸怀胆气，"神五"任务时，面对火箭低频振动叠加在人体内脏的强烈共振，杨利伟咬牙坚持，以顽强的意志挺了过来；"神七"任务时，翟志刚、刘伯明面对舱门打不开和轨道舱火灾警报的紧急情况，以"哪怕回不去，也要让五星红旗在太空高高飘扬"的坚强决心果断出舱，把中国人首次行走太空的脚步留在了浩瀚宇宙，他们的壮举让刘洋深深钦佩……

当然，没有人会不珍惜生命，但是，伟大的航天事业值得自己去奋斗和牺牲。飞天之前，她确实曾经想过自己有可能会回不来，暗暗做好了牺牲的准备。出征前的一天晚上，他和张华在北京航天城散步，他们走了一圈又一圈，两人都沉默不语。最后，她抬起头对他说："万一、万一我真的回不来，你一定要答应我两件事：第一，替我照顾好爸爸妈妈，他们就我一个女儿；第二，娶一个能顾家的妻子吧，这么多年，没能给你做一顿像样的饭菜！"

张华鼻子一酸，紧紧拥抱住她，说："我们要一起照顾父母，我等你回来！"

六月十六日下午，在酒泉卫星发射中心问天阁举行的"神九"发射前的出征仪式上，刘洋和景海鹏、刘旺身着厚重的白色航天服，出现在人们面前。他们的表情显得都十分放松，刘洋不时露出她招牌式的微笑，笑容像阳光在荡漾。

二〇一四年下半年，我到酒泉卫星发射中心参加培训时，曾经有机会参观过问天阁，进到隔离仓里照了一张相。坐在那里，我不由想到刘洋他们三人出征时的情景，那时我还在成都上大学，眼巴巴守在电视机前，全程观看了"神九"航天员出征仪式。这时，我坐在刘洋曾经坐过的椅子上，心里不由一热，恍惚间竟然把自己当成了女航天员……

完美的太空之旅

"5、4、3、2、1，点火！"

192

二〇一二年六月十六日十八时三十七分，"长征二号"F遥九运载火箭在震耳欲聋的轰鸣声中带着长长的火焰，托举着"神舟九号"飞船和包括刘洋在内的三名航天员腾空而起，飞向茫茫太空。

试验指挥大厅内，巨大的电子屏幕上显示着火箭和飞船起飞后的飞行情况。工作人员不断向大家报告各个站点监测到的火箭和飞船的运行状态：光学跟踪正常，火箭速度正常，雷达跟踪正常，助推器分离，整流罩分离，船箭分离，飞船进入预定轨道……

时间一分一秒地过去，直到十八时五十六分，载人航天工程总指挥宣布，"神舟九号"载人飞船圆满发射成功。此时此刻，守在电视机前的刘洋家人这才长长舒了一口气，她的母亲牛喜云起身离开电视机，倒在床上直擦眼泪。从点火倒计时开始，一直盯着屏幕的牛喜云突然紧张起来，丈夫刘石林紧紧握住她的手，弟弟牛振西环住她有点儿发抖的肩膀。倒计时结束，点火开始，牛喜云却闭上了眼睛，想看不敢看。从点火、起飞直到"神舟九号"飞船被送入预定轨道，牛喜云紧张得不行。当客厅里掌声和欢呼声响起，牛喜云才流露出喜悦的神情，用力地拍手。然后她一步步挪到卧室，一个劲地擦眼泪。

这是刘洋离家人最远的一次。牛喜云说："我激动、高兴、挂心，也有信心！"

在这次任务中，刘洋主要负责执行手控交会对接时的监控和支持。除此之外，在长达十几天的太空飞行中她还承担科学实验任务。

两天后，"神舟九号"飞船转入自主控制飞行，在实现自动交会对接约三个小时之后，航天员从"神舟九号"飞船进入了"天宫一号"目标飞行器，中国航天员首次访问在轨飞行器获得了圆满成功。

回忆起在太空中骑"自行车"，刘洋说："感觉的确不一般！"在太空失重的环境下，为了防止骑行时飘走，刘洋需要用束缚带将自己固定在由航天员自己组装的太空"自行车"上，而且有意思的是，这个"自行车"没有握把，骑行时要扶住"天宫一号"的墙壁。

进驻"天宫一号"目标飞行器的航天员们，采取一日三餐轮流值班的方式，实行天地同步作息制度，每天工作约八小时，睡眠八小时，生活照料六小时，余下的时间就是休闲娱乐。

六月二十日晚上是刘洋第一次值夜班，此时景海鹏和刘旺已经进入了梦乡，按照计划安排，刘洋在完成与地面通话和各种仪器设备的检测后，要对"天宫一号"进行大扫除。只见她一手拿着抹布，从这边飘到了那边，飞檐走壁，擦拭着"天宫一号"的"墙壁"。清扫完毕，她看起了相册，玩起了魔方。在第二次值夜班的时候，她利用值班间隙，竟然向所有人展示了一段中国功夫。工作之余，她还亲手编制中国结……

在遨游太空的那段时间里，当刘洋第一次透过舷窗玻璃回望人类世世代代生存的家园——地球的时候，每一片土地、每一座山川、每一条河流……所有能看到的一切都是那样的美不胜收，带给她的都是强烈的心灵触动。她后来说，唯有置身于深邃苍茫的宇宙间，才能领悟什么是开阔，什么是无垠；太空是美丽的，是神奇的。人在太空中，心会变得宽阔，人虽然是失重的，心灵却不会。在那个特殊的环境里，会自觉看轻看淡某些东西，比如名和利、得与失；也会自觉看清看重某些东西，比如情和义、国与家。她要把在太空中的每一分、每一秒、每个瞬间、每个画面都深深刻在脑海中，印在心里面。

航天员们在太空都有一个共同的感受：飞离地球越远，心与祖国贴得越近。刘洋永远忘不掉执行"神九"任务的十三天里，每九十分钟飞临祖国上空一次，特别是夜间，能清楚看到北京、上海、广州等城市的灯光，每次她的心跳都会加速，都会情不自禁隔着舷窗凝视祖国的方向。每一次，她都在内心由衷地感叹：祖国，真美！

六月二十九日，飞船完成任务后返回地面，进入了大气层。刘洋看到一团火从舷窗上扫过，加上发动机的火光，场面很是壮观。此时，她明显感觉到速度越来越快，突然间又变慢了，她知道是降落伞打开了。十时零三分，巨大的降落伞带着"神舟九号"飞船的返回舱成功降落在了位于内蒙古中部的主着陆场预定区域内。

此时，搜救人员早已在现场等候多时，他们敲着舷窗的玻璃询问："你们还好吗？情况怎么样？听没听到我们说话？"当刘洋和两位战友在时隔十三天后听到同胞们的声音的时候，激动的心情难以言表，真有一种天上一日、世上千年的感觉。一直萦绕在刘洋心中的压力终于消失了，她的内心变得无比轻松。她终于完成任务了，终于向祖国和人民交出了满意的答卷。此时此刻，她只想着赶紧从返回舱里出来，大口呼吸新鲜空气，接受阳光和微风的洗礼。

由于长时间处于失重的太空环境中，因此要求航天员返回地面的时候，不要过多地站立和行走，这样有利于身体恢复。当时刘洋觉得自己状态还不错，刻意地站了一下，走了两步，她觉得自己没有任何问题。

儿行千里母担忧，在刘洋执行任务的十三天中，她的母亲和婆婆吃不下也睡不着，两人都瘦了十多斤。见到她们的时候，刘洋泪流满面，心痛不已。

她没有变

一晃几年过去了，刘洋至今都记得在太空飞行的时候，自己曾经做过的梦：梦到自己驾驶着飞机，在蓝天白云之间翱翔，还梦到自己变成了孙悟空，一个跟头可以翻十万八千里……那段短短的时光，真是回味无穷，是她一生的荣耀。

任务成功后，大家把鲜花和赞誉都送给了他们，祖国给了他们很多荣誉。刘洋成了明星人物、公众人物。但刘洋深知，她只是一名普普通通的航天人，一名赶上了好时代的幸运儿。

早前，航天员大队收到过一封特殊来信，写信者名叫方国俊，是二十世纪七十年代我国选拔出来的航天员预备人选之一。当时，国家首次启动载人航天"曙光一号"工程。然而，由于那时国家经济基础和科技水平薄弱，很难支撑起载人航天这个庞大工程，没过几年便被迫下马，飞天成了方国俊等人一生无法实现的梦想和难以释怀的遗憾。他在信中说："你们是幸运的，赶上了好时代，我为你们骄傲，更为伟大祖国骄傲！"

航天员飞天，靠的不是哪一个人、哪一个团队，而是国家的综合实力。我国的载人航天工程，直接参与研制的研究所、基地等一级单位就有上百个，配合单位多达上千家，涉及数十万科研大军，哪个环节、哪个部门、哪项技术、哪类保障跟不上，都不可能有今天每每成功、次次圆满的奇迹。是几代航天人、是十几万航天大军为他们铺就了飞天之路，是祖国和人民把他们送入了太空。航天员费俊龙曾对国外同行讲过一段话，他说："你可以分享我的快乐，却无法分享我的自豪。因为在我身后，站立着强大的祖国和人民！"这话说到了点子上。

二〇一二年十月份，刘洋参加了在意大利那不勒斯举办的第六十三届国际宇航联大会，大会主席特意向来宾介绍她是来自中国的首位女航天员，会场上响起了热烈的掌声，那一刻，她的心情无比激动，无比自豪！当她看到中国载人航天工程办公室领导和美国、俄罗斯代表一起为其他二百多个成员国发放国际宇航联会旗时，她不禁心潮澎湃，热泪盈眶——国家发展了，科技强大了，走出国门，中国人的脊梁挺得更直了！

二〇一九年八月份，刘洋和航天员陈冬受邀访问纳米比亚。所到之处，处处都能看到鲜艳的五星红旗，都能听到"中国！中国！"的欢呼声，纳米比亚总统根哥布对刘洋说，中国真了不起，希望纳米比亚能更多地分享中国航天成就！那一刻，她为自己是一名中国人而深深自豪。

二〇一三年，十二届全国人大一次会议期间，刘洋受到了习主席的亲切接见。习主席称赞她圆满完成了任务，很好地代表了中国女性的形象。

她回答说："主席，我赶上了一个好时代。"

习主席欣慰地说："说得好。一定要记住，时势造英雄。"

习主席语重心长的话语，她一生都不会忘记。

如今，当人们对她说"你没有变"的时候，她知道自己不曾忘记初心，不曾迷失自己。她为此感到欣慰。

如今的刘洋，在学业上，为了不断提高自己的能力，又去清华大学继续深造；在事业上，正在紧张备战空间站工程任务。按照我国载人航天工程"三步走"发展战略，载人飞船阶段和空间实验室阶段已圆满收官，目前正朝着"第三步"——建立中国空间站目标努力。一步更比一步难，正紧张备战空间站工程任务的刘洋感到，他们遇到的困难远超想象。第一次参加舱外服试验，她在一百二十多公斤的服装中才工作了三四个小时，手就已经抖得拿不住笔，而将来真正的出舱活动训练，一次就要连续工作七八个小时。没有捷径，只有加量地练，拼命地学……

心中有梦，脚下有路，人们相信，太空玫瑰将在风雨中绽放得更加美丽。

每次去北京航天城，我都要到航天员中心选训楼门口转一转，因为那里悬挂的一副对联，特别吸引我："梦无边，当征星辰大海；心无翼，自飞云宇天际。"它道出了我们所有航天人的心声。

如今，作为一名母亲的刘洋，常常会因为无法陪伴女儿而心怀愧疚。有时回家晚，孩子早已进入了梦乡，她会轻轻地亲亲孩子，小声道："宝贝，妈妈回来了。"

女儿稚气地问她："妈妈，你为什么总是要上班，总是要训练呀？"

她悠悠地回答："你不是想跟动画片里的卡梅利多那样，要一颗星星吗？妈妈要练好本领，下次也到太空给你摘星星！"

后　记

我出生在军营，父母都是军人，从小伴着军号声长大，眼里看到的，是军人的身影，耳边听到的，是军人的故事。终于到了这一天——我自己也穿上军装，成为一名职业军人。这似乎不是一个偶然，而是一个必然。

小时候，也许与家传有关吧，我喜欢看书，尤其喜欢看文艺作品，世界文学名著的缩写本，基本上快看遍了。后来中考、高考，为了成绩，毅然戒掉了看小说的"毛病"。大学期间，学习压力倒不是太重，但在成都那样一个好玩的地方上学，吃吃喝喝跑跑颠颠是少不了的，也没怎么看书。现在想起来，颇有点儿后悔呢！

大学毕业，我选择从军入伍，像父母那样，打算一辈子把自己献给军营。幸运的是，我来到了我国"两弹一星"的发祥地之一——西昌卫星发射中心。不久，我又到另一个更加大名鼎鼎的地方——酒泉卫星发射中心实习了半年多。那一阵子，我耳濡目染，听到了很多前辈们光荣奋斗、披荆斩棘、笑傲九天、忠于使命的故事，看到了许多令人震惊、过目难忘的景物，比如我国"东方红一号"卫星的发射塔，虽已锈迹斑斑，但我感觉它依然光彩照人；比如我国唯一的一次"两弹结合"实弹试验的地下控制室，一靠近它就让人感到热血奔涌；比如东风革命烈士陵园，那里面从元帅到士兵的那一个个墓碑，都有一段感人至深的故事；比如航天员出发之前置身其中的问天阁，生动地记载着我国载人航天的历史……我每天沉浸在对往昔辉煌岁月的感慨之中，特别想表达一点什么。我把这个想法透露给父亲，他郑重地告诉我，拿起笔来，把所思所想所感所悟记录下来，便是一个人的心灵史……

从酒泉回到西昌之后，我一边熟悉工作，一边开始整理自己的想法，我打算就从自己熟悉的地方写起。虽然进入航天队伍的时间不长，但由于父母都在这个领域工作，而且父亲还创作了一批描写我国国防科研战线的文艺作品，好多我都看过，所以对这个题材并不陌生。试着写了几篇，拿给父亲看，父亲看后说，文笔还不错，但是结构凌乱，缺乏章法，文章抓不住要点，都有点儿眉毛胡子一把抓的缺陷，条理不清晰，初学写作者都爱犯这个毛病。父亲嘱咐我多读作品，控制写作速度，还给我推荐了不少报告文学和散文经典作品，提醒我，暂时不要写小说，目前应以写作报告文学为主，生活中发生的某些事情，比想象的还要精彩，还要感人，你所从事的工作，你身边发生的事情，曾经发生的事情，都是当代读者感兴趣的，都是值得挖掘的！

按照父亲的意思，我恶补了数百万字的报告文学作品，初步掌握了非虚构作品的写作要领，那就是在真实的基础之上，不要被真实捆住手脚，而是调动各种艺术手段，写出事物表面之下的真情感，从而打动读者。重大历史题材创作中有个原则，叫作"大事不虚，小事不拘"，拿到报告文学写作上来，也是适用的。还有，就是报告文学的写作，深挖素材是第一要素，只有最大限度拿到素材，才不会出现好妇难为无米之炊的窘境，创作起来，才能够得心应手。

我正式写出的第一篇作品，便是《我眼中的聂力奶奶》。首先聂力奶奶这个人，我跟她老人家接触过几次之后，她的经历，她的魅力，她的形象，深深打动了我。我没费多大劲就写出了这篇习作。一向对文字很苛刻的父亲比较满意，说是此作感情真挚、细节到位、表达细腻、条理清楚，把该说的都说了，而且不啰唆。得到父亲的肯定和鼓励，我更加来劲了，从此一发而不可收拾，围绕我越来越熟悉的国防科技和当代航天事业，写出了十多篇报告文学和散文。

在创作的道路上，我只是一个刚入门的小兵，要走的路还很漫长。俗话说，有志不在年高，无志空长白发。既然选定了军旅人生、航天事业，我会一如既往地走下去；同样，既然走上文学创作之路，那么我也不会停顿，再难再苦，都不许后悔，唯有不断地前行，努力地攀登！至于结果，管它呢，现在我只想付出，不想收获。

这本小书能够出版，首先感谢中国文史出版社的领导和编辑老师们，他们对年轻作者的厚爱令我倍感温暖，终生难忘；我感谢中国作协副主席、著名作家徐贵祥老师，他在百忙中亲自为我作序，给予指导和肯定，不仅是对我本人，更是对军旅年轻写作者的一种鼓舞；感谢所在单位的王玉磊、孟彦等战友和文友，他们为我的采访提供了不少方便。尤其感谢我的父亲母亲，他们的大力支持，是我前行的最大动力。

二〇一九年十月十七日于北京怀柔

图书在版编目（CIP）数据

我们点亮星空／姚杜纯子著. — 北京：中国文史
出版社，2020.2

（跨度新美文书系）

ISBN 978 - 7 - 5205 - 1631 - 0

Ⅰ. ①我… Ⅱ. ①姚… Ⅲ. ①散文集 - 中国 - 当代
Ⅳ. ①I267

中国版本图书馆 CIP 数据核字（2019）第 261501 号

责任编辑：马合省　薛未未

出版发行：**中国文史出版社**

社　　　址：北京市海淀区西八里庄 69 号院　　邮编：100142

电　　　话：010 - 81136606　81136602　81136603（发行部）

传　　　真：010 - 81136655

印　　　装：廊坊市海涛印刷有限公司

经　　　销：全国新华书店

开　　　本：720×1020　1/16

印　　　张：13.5　　　　字数：140 千字

版　　　次：2020 年 2 月第 1 版

印　　　次：2020 年 2 月第 1 次印刷

定　　　价：52.00 元